異世界召喚されて捨てられた僕が邪神であることを誰も知らない……たぶん。

著
レオナールD
ill. ふらすこ

登場人物紹介

フレア

世界を支配する六大神のうちの一柱で、火を司る女神。

ステラ

フレアを信奉する組織『炎の神殿』の特殊部隊『フレアの御手《フレア・フォース》』のメンバー。組織では『白の火』と呼ばれている。

花《はな》散《ちる》ウータ

本作の主人公。16歳の高校生。異世界でのジョブは『無職』だったが、その正体はたまたま日本に受肉した最強の邪神。

南《な》雲《くも》竜《りゅう》哉《や》
ウータの幼馴染その1。
ジョブは『勇者』。
成績優秀なサッカー部のエース。
北《きた》川《がわ》千《ち》花《か》
ウータの幼馴染その２。
ジョブは『剣聖』。
背が高く、男子のみならず女子からも人気が高い。
西《にし》宮《みや》和《かず》葉《は》
ウータの幼馴染その４。
ジョブは『聖女』。
清楚な華道の家元の娘。
東山《ひがしやま》美《み》湖《こ》
ウータの幼馴染その３。
ジョブは『賢者』。
読者モデルをやっているオシャレ系のギャル。

プロローグ　異世界召喚されたよ

「おお、勇者よ！　よくぞ来てくれた！」

そんなお決まりのセリフをぶつけられて、少年……花散《はなちる》ウータは呆然とその場に立ちつくした。

彼の目の前には、偉そうな老人が玉座に座っている。

周りを見れば、白亜《はくあ》の壁と柱があり、まるで西洋の城の部屋のようだった。

そして……足元には幾何学的《きかがくてき》な紋様《もんよう》が描かれた魔法陣《まほうじん》。

このシチュエーションが意味することは、すなわち……

「異世界召喚……？」

そうつぶやいたのはウータではなく、一緒に下校していた友人の一人だ。

魔法陣の中にはウータだけではなく、他にも四人の人間がいた。

彼らは同じ高校に通っている同級生で、幼馴染《おさななじみ》の友人である。

南雲竜哉《なくもりゅうや》。爽《さわ》やかな顔立ちの少年でみんなのリーダー格。成績優秀、サッカー部のエースで、女子にモテる完璧《かんぺき》人間。

北川千花《きたがわちか》。茶色の長い髪をポニーテールにしている、高身長な女子バスケ部のキャプテン。男子にも好かれるが、それ以上に女子に好かれる王子様のような女子だ。

東山美湖《ひがしやまみこ》。短い髪を金に染め、耳にピアスを付けたギャルで、読者モデルとして活躍している。同じブレザーの制服でも、彼女が着ているとまるで別の服のようになる。

西宮和葉《にしみやかずは》。烏《からす》の濡れ羽色の艶《つや》のある黒髪を腰まで伸ばした清楚《せいそ》な女子。その凛《りん》とした相貌《そうぼう》は精巧な日本人形のようだ。華道の家元の娘のため、所作の一つ一つが美しい。

そして……花散ウータ。中肉中背《ちゅうにくちゅうぜい》で平凡《へいぼん》な顔。成績も運動能力も平均レベル。いかにも目立つ四人と比べると、どうしても違和感がある。

カタカナの変わった名前のせいで、小学校の頃は随分《ずいぶん》と同級生に弄《いじ》られていた。

しかし、四人の幼馴染とは、その名前がきっかけで仲良くなれたので、本人はそれほど自分の名前を嫌ってもいない。

「よくぞ召喚に応じてくれたのう、勇者達よ。どうか、我が国を救ってもらいたい！」

困惑しているウータと四人の幼馴染をよそに、彼らの目の前の玉座に座っている偉そうな男性……国王が話を進めていく。

混乱しながらも話を聞く四人に国王がした説明をまとめると以下のようになる。

この国の名前はファーブニル王国。大陸の南にあり、それなりに大きいが、大国というほどの規模はない。

この世界には魔王、そして魔族という邪悪な種族が存在しており、人間やエルフ、ドワーフ、マーマンといった善良な種族を脅《おびや》かしている。

なのでファーブニル王国の国王は、魔王を討伐して世界を救うために、古《いにしえ》の時代から伝わる勇者召喚を実行した。

そして、ウータ達は今後、城での訓練を経てから、大陸最北端にある魔族の国へ遠征せねばならない。

「うん、テンプレだね。ネット小説とかでよくあるやつだ」

あまりにもありきたりな展開に、半分くらい聞き流していたウータは逆に感動した。

しかし、幼馴染達はウータほど落ち着いてはいられず、動揺《どうよう》の声を漏らす。

「ちょ、ちょっと待ってくれ……それじゃあ、俺達は魔王と戦うために召喚されたってことか？勇者って、急にそんなことを言われても……」

一同を代表して竜哉が疑問の言葉を発する。彼は続けて国王に問いかけた。

「元の世界に帰る方法はないのか？」

「ウム、現段階ではそれはわからん……魔王を倒せば、元の世界に戻る方法もわかるじゃろう」

いや、なんでだよ。ウータは声に出さずにツッコんだ。

この国が自分達を召喚した理由はわかったが、魔王を倒せば帰る方法がわかるだろうという理屈はおかしい。魔王とやらと戦わせるための口実にしているとしか思えない。

同じ疑問を抱いたらしく、ウータ以外の四人もそろって疑うような顔をしている。

しかし国王は意に介さず、話を進め始めた。

「それでは、皆の『ジョブ』を調べさせてもらう。こちらの水晶に手をかざしてもらいたい」

「……じゃあ、俺が」

少しだけ落ち着きを取り戻した竜哉が率先して、魔法使いらしい風貌《ふうぼう》をした男が持ってきた水晶に触れた。

すると……水晶玉にアルファベットとよく似た文字が現れる。

「おお……この御方のジョブは『勇者《ゆうしゃ》』だ！　素晴らしい！」

「俺が……勇者？」

魔法使いの言葉に、竜哉が複雑そうな顔をする。

勇者とやらに選ばれたことはまんざらでもないのだが、この状況を受け入れ切れていなかった。

「それじゃあ、次は私が……」

続いて、千花、美湖、和葉の順番で水晶に触れていく。

それぞれ、『剣聖《けんせい》』、『賢者《けんじゃ》』、『聖女《せいじょ》』と水晶に表示された。

「素晴らしい！　やはり君達を召喚したのは間違いではなかったようだ！」

国王が喝采《かっさい》の声を上げて、期待のこもった目でウータを見てくる。

ウータは仕方なしに、水晶に触った。

「は…………『無職《むしょく》』？」

水晶に現れた文字を見て、魔法使いがつぶやく。

玉座の間が騒然とし、国王があからさまに不快そうな顔をした。

「フム……おそらく、そちらの少年は召喚に巻き込まれてしまった一般人だったのじゃろう。すまなかった」

「いや……それは別にいいけどさ……」

ウータは顔を顰《しか》める。

隠しているつもりなのかもしれないが、『無職』という単語が水晶に表示されてから、国王はあからさまにウータを見下すような態度になっていた。

「それで……僕はどうしたらいいのかな？　無職ってことは魔王と戦えないよね？」

ウータが呆れながら国王に聞くと、国王はまるで前もって決まっていたかのようにスムーズに答えた。

「ウータ殿には支度金《したくきん》を渡すので、町に下りてそこで生活してもらいたい」

「ちょっと待って！　彼を追い出すってこと⁉」

千花が抗議の声を上げた。

「私達はこの城で訓練を受けるのよね？　彼と離れ離れになるってこと⁉」

「ないわー。ウータ君を追い出すとかありえない」

「わ、私もウータさんと離れたくはないです」

千花に続いて、美湖と和葉も抗議の声を上げる。

竜哉は微妙な表情だ。ウータと竜哉は幼馴染で友人だが、最近は少し関係が複雑になっている。

それには三人の女子が関わっているのだが……ウータはその辺の事情がわかっていなかった。

「しかし、このまま城にいればウータ殿も魔王との戦いに巻き込まれてしまう。敵に人質に取られる可能性もあるし、城から出た方が安全かと」

「だからって……」

国王に対して反論しようとした千花を、ウータが制する。

「えーと……千花、いいよ。俺は別に城から出ても」

「ウータ⁉」

「ちょ……ウータ君！　なにを言ってるのよ⁉」

「そ、そうですよ、ウータさん！」

千花、美湖、和葉それぞれ驚きの声を上げながら、ウータに詰め寄った。

ウータは一歩引いて、自分の考えを述べる。

「いやいや、無職の僕じゃここにいても足手まといになるだろうから。それに……町に下りて、別の方向から元の世界に帰る方法を探したいんだ。魔王を倒しても、絶対に元の世界に戻れる保証はないからねー」

「それは……」

「僕は大丈夫だよ……わかっているだろう？」

ウータが含めるように言うと、三人は渋々引き下がる。

どうやらわかってくれたようだと、ウータは安堵《あんど》の息を吐く。

「それじゃあ、僕は城から出て行くよ。お金をくれるんだよね？」

あっさりと受け入れたウータにそう聞かれ、国王は少し困惑気味に返す。

「あ、ああ……城下町までは少し距離があるから、兵士に案内させよう」

「どうも、ありがとう」

ウータは形だけお礼を言って、お金を受け取って城から出る。

友人達はもの言いたげな顔をしていたが、ウータは「心配いらない」と笑顔で返した。

第一章　邪神だけどなにか？

五人の兵士に護衛されながら、城下町に向かうウータ。

城から外に出ると、そこは高い丘の上だった。

「わあ、いい眺め」

周囲の景色を一望することができ、見下ろした先には城下町がある。

その向こう側には緑色の平原と、それを縦断する街道が見えた。

道路や電線などが張り巡らされることはなく、科学技術による開発は一切入っていない自然の光景。きっと、夜になったら星も綺麗に見えることだろうと、ウータは思った。

「あれが城下町だよね？　どれくらいの人が住んでいるのかな？」

楽しげに訊《たず》ねるウータの質問に、兵士は誰一人として答えない。

「それと……気になっていたんだけど、どうして僕の案内に五人もついてきてくれたのかな？　護衛にしても、ちょっと多いと思うんだけど？」

「……黙って歩け」

兵士の一人が淡々《たんたん》と言う。なにをしたわけでもないのに、冷たい対応だ。

「ム……」

わずかに顔を顰《しか》めながらも、ウータは言われた通りに兵士について歩いていく。

だが……城からある程度の距離を取ったタイミングで兵士が立ち止まる。

「……この辺りでいいか」

「え？」

「悪く思うなよ。国王陛下の命令だ」

兵士が振り返って、腰から剣を抜く。

驚いて固まっているウータに、鈍《にぶ》く光る金属の刃を振り下ろした。

「あ……」

ウータの胸が深々と斬り裂かれる。

真っ赤な血が飛び散って、ウータが仰向けに倒れた。

「よし、それじゃあ死体の後始末をするぞ」

「……あの、本当によかったんですか？」

血まみれの剣を手にしている兵士に、別の兵士が訊ねた。

「確かに、その少年は不適格だったようですけど……だからといって、殺さなくてもいいんじゃ……」

「仕方がない。勇者達を魔王と戦わせるためだ」

年下の兵士の言葉に、ウータを斬り殺した兵士が答える。

「この少年は魔族に殺害されたことにする。勇者様を始めとした四人に、魔族に対する憎悪を植えつけて、魔族と戦わせるのだ！」

ウータを殺害して、魔王の手先の仕業《しわざ》に見せかける。

それが王の命令だった。

国王はどうにかして、ウータ以外の四人を魔王と戦わせようとしていた。

元の世界に帰る方法を動機として掲げたが……鼻先にぶら下げるニンジンは多いに越したことはないのだ。

「全ては王命である。ファーブニル王国に仕える兵士であれば従え」

「はい……わかりました」

若い兵士は渋々ながら、この状況を受け入れる。

「それにしても……勇者の友人だからもう少し粘るかと思っていたが、拍子抜けだったな。やはり『無職』というわけか」

兵士が倒れているウータに背中を向けて、ウータの死を報告するために、城に引き返そうとする。

「わざわざ五人で来ることはなかったな。これなら、一人だって余裕で……」

「よかったかもね。その方が死ぬ人が少なくて済んだのに」

「ッ……！」

ゾワリと怖気《おぞけ》がするような声が響いた。

兵士達が慌てて声がした場所に、すなわち、倒れているウータの死体に目を向けた。

「ちょっとだけ痛かった……予防接種の注射くらいにはね。次からは心の準備をしたいから、殺す前に殺すって言ってほしいな」

緊張感のない声と共に、ウータが上半身を起こす。

何事もなかったかのように立ち上がって、服についた砂を払い落とした。

「お前……どうして生きている⁉」

ウータを斬った兵士が怒鳴る。

間違いなく殺したはずだった。これまで兵士として何人もの敵を斬殺してきたからわかる。深々と斬りつけた手応えは、確実に殺した感触だった。

「さあ？　説明する気はないよ」

見れば、先ほどまであったはずの傷口が消えている。

血痕《けっこん》もなくなっており、切り裂かれた衣服すら元通りになっていた。

「そっちが説明してくれなかったのに、僕だけ説明しなくちゃいけない義務はないよね？　僕、なにか間違ったこと言っているかな？」

首を傾げるウータに、兵士は異様なものを感じながら訊ねる。

「お前は……さては『無職』じゃなかったのか？」

「学生だから、無職といえば無職だけど？　バイトもやってないしね」

「ふざけるな！　『無職』に怪我を治すようなスキルが使えるわけがない！」

兵士が怒鳴り、再び剣を振り上げた。

今度こそ、絶対に殺す。殺した後は首を切断する。手足もバラバラにしてやる。

そんなことを考える兵士であったが……ウータの姿が消えて、兵士の眼前に現れる。

「なっ……！」

「よくしゃべるね。死体なのに」

ウータが兵士の胸元にそっと手を添える。

兵士が慌てて身構えようとするが……次の瞬間には粉々になった。

肌も肉も骨も血も……全身を構成するありとあらゆるものが極限まで分解され、塵《ちり》となって地面に落ちる。金属製の装備品が塵の山に虚《むな》しく埋もれていた。

「なあっ⁉」

「嘘だろ！　なにが起こった⁉」

仲間を失った他の兵士達が愕然《がくぜん》とした。

ウータが特になにかをしたようには見えなかった。魔法を発動させた様子も、マジックアイテムと呼ばれる特別な道具を使用した様子もない。

それなのに……仲間の兵士が死んだ。粉々になって、塵になるまで分解された。

こんなことはありえない。あっていいはずがなかった。

「逃げないんだ。友達思いなんだね」

呆然としている兵士達に見当違いな解釈をして、ウータが次の行動に移る。

別の兵士の背後へと一瞬で移動して、軽く肩を叩いた。

「塵になれ」

「ッ……！」

悲鳴を上げる暇《ひま》すらなく、二人目の兵士が塵になる。

そこまできて、ようやく、兵士達は自分達が殺されようとしていることを自覚した。

「殺せ！　殺すんだ！」

「やりやがったな……この野郎！」

二人の兵士がウータに斬りかかる。

動揺していても訓練された兵士である。連携《れんけい》の取れた動きで、左右からウータに剣を叩きつけようとした。

「うわあ、怖いなあ」

だが、剣が振り抜かれた時にはウータの姿はない。

剣を振った剣士の一方……その背後に立っていて、背中にタッチしていた。

「だからさ、殺すのならそう言ってよ。急に剣を振り回されるとビックリするからさ」

「しまっ……」

「僕は殺すよ。はい、ちゃんと言った」

三人目の兵士が塵になった。

ウータを攻撃したもう一方の兵士が目を血走らせ、怒声を発する。

「よくも、よくも……そいつは俺のダチだあああああああああっ！」

「あっそ。それじゃあ、後を追ってあげなよ」

「ッ……！」

怒りに任せて攻撃しようとする兵士であったが……剣を振り抜くよりも先に、ウータに触れられてしまった。

四人目の兵士が塵となる。地面に落ちて、親友だった兵士の残骸《ざんがい》と混じり合う。

「あ、ああ……そんな……」

最後に残された五人目の兵士が尻もちをつき、後ずさる。

自分達に与えられた任務は『無職』の少年を殺すだけだったはず。

それなのに……どうして、自分達の方が殺されているのだ。

「夢だ……こんなの。悪い夢に決まって……」

「ううん、残念だけど現実みたいだよ？」

「ヒイッ！」

ウータがまたしても一瞬で移動する。尻もちをついた兵士の眼前、手を伸ばせば届くほどの距離に。

「僕も悪夢であってもらいたいよ。異世界に召喚されちゃうなんてね。今晩、見たいテレビがあったんだけどな」

「お、お前っ……なんなんだよ、どうしてこんなことできるんだよ……！」

「どうしてって……うーん、僕だから？」

「答えになってねえ！」

兵士が涙と鼻水で顔をグチャグチャにしながら、必死な様子で泣き叫ぶ。

「た、助けてくれ！　殺さないでくれよお！」

「うーん……そんなことを言われても、君だけ殺さないのは不公平じゃないかな？」

「俺は反対だったんだ……やりたくなかった。だけど、無理やり押しつけられて……！　俺には妻と生まれたばかりの子供がいるんだよ……こんな所で、死ぬわけにはいかねえんだよお……！」

「あー……そう言われると困っちゃうなあ。嫌なことは言わないでほしいね」

ウータは考え込む。

そういえば……目の前の若い兵士はウータのことを本当に殺すべきだったのか、他の兵士に訊ねていた。反対だったというのは本当なのだろう。そうなると、殺しづらい。

「うーん、えーと……困るなあ。こういう時、竜哉とかだったらどうするんだろ？」

ウータが考え込み、頭を抱える。

いきなり、幼馴染と離れてしまった弊害《へいがい》が出てしまった。こうした時にすぐに決断が下せないのは、ウータの悪い癖《くせ》である。

「うーん、うーん……」

「…………！」

葛藤《かっとう》しているウータの姿に、兵士は生きるチャンスを見出《みいだ》した。

落ちていた剣にそっと手を伸ばし……握りしめる。

「うあああああああああああっ！」

「えっ？」

「死ね、死にやがれ……！」

ウータの胸に剣が突き刺さる。

胸から大量の鮮血が流れ落ち、口からもゴポリと血の泡が出た。

間違いなく、心臓を貫いている。今度こそ、絶対に、確実に……殺しているはず。

兵士はそう確信する。

「俺は……生きるんだ。死ぬわけにはいかねえんだ……子供が、妻が……！」

嫌な感触を手に感じながら、俯《うつむ》いてそうつぶやき続ける兵士。

「ああ、よかった。そっちは嘘じゃなかったんだね」

「へ……？」

兵士の肩が掴まれる。

彼が顔を上げると……そこに菩薩《ぼさつ》のように穏やかな笑みを浮かべたウータの顔があった。

「もしも、奥さんと子供のことが嘘だったら、僕はただの間抜けで終わるところだったよ……騙《だま》されたわけじゃなくてよかった」

「あ、ああ……」

「それじゃあ、さようなら」

力を発動させると、最後の兵士が塵になった。

ウータ以外に誰もいなくなった道に、兵士達の持ち物と塵の山だけが残っている。

「さてと……それじゃあ、行こっかな」

このまま城下町に下りてもいいが……その前に、やることができてしまったようだ。

そう考えたウータがパチリと指を鳴らすと、塵の山に足跡だけを残して、その姿が跡形もなくかき消えたのであった。

◇　◇　◇

「ヒエエエエエエッ!?　なんじゃ、なんじゃ！　貴様はなんなんじゃァアアアアアアアアッ！」

男の絶叫が部屋の中に響き渡る。

場所は先ほどウータ達が召喚された城。その中にある王の私室だった。

野太い濁声《だくせい》で叫んだのは、この城の主……国王と呼ばれている人物。

「誰って……さっき会ったよね？　もう忘れちゃったのかな？」

ウータが不思議そうに首を傾げた。

王の部屋にはいくつかの塵の山ができている。

それはこの場にいた王以外の人間……護衛の騎士だったものの残骸だ。

兵士に襲われたことについて王を問い詰めに戻ってきたウータであったが、この部屋に入るや、曲者《くせもの》呼ばわりされて彼らが襲いかかってきた。

仕方がないので塵にしてしまったのだが……それを目《ま》の当《あ》たりにした国王は混乱しまくっている。

「だ、誰か！　誰かおらぬか!?　侵入者、曲者じゃァァァァァァッ！」

「誰も来ないよ。面倒だから、空間を閉じたんだ」

「く、空間……？」

国王が引きつった声を漏らす。

空間に干渉する魔法は存在する。だが……それを使用することができるのは、高位の魔法使いだけ。ジョブが『無職』であるはずの少年にできるわけがなかった。

「ま、まさかなんらかの魔法でジョブを偽装していたのか……なんという卑劣《ひれつ》な……！」

「卑劣なのはそっちじゃないかな？　僕のことを殺そうとしたわけだし」

「い、いや、違う！　ワシは何も知らぬ！」

国王が必死な様子で両手を振りながら、助かる方法について模索《もさく》する。

名前すらも思い出せない目の前の少年……『無職』が特別な力を持っていることは明らかだ。

もしもその力が振るわれたら、国王もまた塵となってしまう。

「ご、誤解があったのじゃ……話し合おう。話せばわかる……！」

「話せばわかるって……そのセリフ、この間日本史の授業で習ったなあ」

それを口にした日本の偉い人は撃たれて死んでいるのだが……それはともかくとして、ウータは本題に入る。

「まあ、でもいいよ。僕も話し合いに来ただけだから」

「そ、そうなのか……？」

「うん、殺すつもりはなかったよ。そっちから襲いかかってこなければね」

ウータは肩をすくめた。それはまぎれもない本心である。

この部屋にやってきた途端、国王の護衛が襲ってきたので迎撃したが……そうでなければ、穏便《おんびん》に話し合いだけで済ませて去るつもりだった。

「それじゃあ、話し合いだよ。その前に……」

「ヒエッ!?」

ウータは王の首に触れる。

いつでも、塵にすることができるように。

「嘘をついたら殺すからね。正直に僕の質問に答えてくれるかな？」

「わ、わかった……」

「それじゃあ、質問。僕達を召喚した目的は？」

「……侵略してくる魔族を倒してもらうためじゃ」

「嘘じゃないね？　嘘だったら……」

「ほ、本当じゃ！　本当に魔族を倒して、この国を救ってもらいたかったんじゃ！」

国王の顔は必死なものであり、嘘をついている様子はない。

「それじゃあ、次の質問。僕達を元の世界に帰す方法を教えてくれ」

「それは……」

「それは？」

「………知らぬ」

「………」

ウータが無言で首に置いた手に力を入れると、国王が慌て出す。

「ほ、本当じゃ！　本当に知らぬのじゃ！」

「魔王を倒したら、元の世界に帰れるっていうのは？　やっぱり、嘘だったのかな？」

「ウグッ……」

押し黙る国王に、ウータの顔が不機嫌なものになっていく。

いつ殺されてもおかしくない状況に、国王は焦って弁明の言葉を口にする。

「仕方がなかったんじゃ！　勇者が魔王と戦ってくれなければ、この国は滅んでしまう！　ワシはこの国の王として、どんな悪事を働いてでも国民を守る義務がある！」

「そのためになら、僕達はどうなってもいいの？　竜哉達を騙して戦わせたり、僕を殺したりしても許されると言いたいのかな？」

「それは……」

国王が気まずそうに目を逸らす。

どんな大義名分があったとしても、無関係な人間を巻き込んでもいい理由にはならない。

「でも……まあ、いっか」

けれど、ウータは国王を殺さないことにした。

殺したところでどうなるわけでもないということが、なんとなくわかったからだ。

「王様を殺したらかえって面倒になりそうだから……とりあえず、やめておくね？」

「そ、そうか……わかってくれたのか……」

「だけど……僕の友達におかしなことをしたら許さない」

「…………！」

ウータが底冷えのする声で告げると、国王が恐怖に顔を歪《ゆが》める。

別になにかされたというわけではない。それなのに……国王は体の震えが止まらなくなった。

例えるのなら、絶対に勝つことができない天敵の捕食者を前にしているかのように。

「もしも四人をわずかでも傷つけたりするようなことがあれば……僕はあなたを殺すよ。あなたのお友達も家族も殺す。大好きな国民も全員殺す。わかったかな？」

「わ、わかった……絶対にしないと誓《ちか》う。だから……」

「うん、それじゃあいいよ……これで許してあげる」

「ぐひぃ……」

国王が奇妙な悲鳴を上げて、パクパクと口を動かす。

その身体が見る見るうちに細くなっていき、肌に深いシワが刻まれる。

まるで一瞬で何十年も年を取ってしまったかのように、一気に老け込んでしまった。

「ざっと三十年ってところかな？　命を取らないだけ、まだよかったと思ってね」

「おまえ、は……なんなのだ……いったい……何者なのじゃ……？」

国王が床に両手をついて、ゼエゼエと息を吐きながら言う。

答える義理はない……そう締めてもいいだろうが、せっかくの機会なのでウータは改めて名乗ることにした。

「花散ウータ。無職で学生で……邪神をやっているよ」

◇　◇　◇

花散ウータは邪神である。

いつからそうなのかと聞かれたら、生まれる前からずっとである。

かつて、ウータは邪神として時空の狭間を彷徨《さまよ》っていた。

家族はいない。友人もいない。恋人もいない。崇拝者はいても、理解者はいない。

止まり木のない孤独な神として、時と空間の流れに身を任せていた。

だが……ある時、転機が起こった。

それが星辰《せいしん》の巡りなのか、誰かが行った魔術的な儀式《ぎしき》の影響なのかはわからない。

自分でも理由がわからぬまま……とある妊婦の身体に胎児《たいじ》として受肉してしまったのだ。

人間になってしまい、最初のうちは困惑した。受肉した肉体を捨てて、完全な神に戻ろうとしたこともある。

だが……やがて、人としての生を受け入れるようになっていた。

どうせ神であった頃も退屈という言葉すら忘れてしまうくらい、無意味に時空の狭間を彷徨《さまよ》っていたのだ。

たかが百年か二百年、人として生きても構わないと思ったのである。

（それは正解だった。世界にとってはどうか知らないけど……少なくとも、僕は人になってよかったと思っている）


国王を軽くしばいたウータは改めて転移をして、城下町へとやってきた。

城門での審査やら身分証明やらの面倒ごとを避けるため、城の外、町を囲んでいる城壁の内側へと転移する。

「フシャアアアアアアッ！」

「おっと、驚かせてごめんね」

路地裏に眠っていた猫が突如《とつじょ》として現れたウータに驚いて、走って逃げていく。

そんな猫の後ろ姿を見送って……誰もいない路地裏で拳を突き上げる。

「日本に帰る方法を探すぞー！」

友人と一緒に元の世界に戻るためにも、どうにか方法を探さなければ。ウータはそう決意した。

「よーし、やるぞー！」

邪神ウータの異世界生活は始まったばかり。

その生活は決して順風満帆《じゅんぷうまんぱん》とはいかない。

確実に様々なトラブルに巻き込まれ、力技で解決していくのであろうが……そんな未来は邪神にも予想できないものだった。

◇　◇　◇

ウータが新生活への第一歩を踏み出した一方で、城に残ることになったウータの友人、南雲竜哉は重いため息を吐いた。

「なあ……ウータの奴、大丈夫かな？」

その問いは同室にいる三人の女性に向けられたものだ。

場所は城の一室、竜哉に割り当てられた部屋。四人はそこに集まって、今後のことについて話し合っている最中だった。

「大丈夫って……なんの話よ？」

怪訝《けげん》そうに応じたのは、茶髪をポニーテールにした長身の女子、北川千花である。

「いや、城を出て一人でやってけるのかなって。アイツ、スゲエ世間知らずなところがあるから心配なんだよ」

「あー……確かに、世間知らずではあるわよね。だけど、ウータなら大丈夫なんじゃない？」

千花の言葉は薄情《はくじょう》なように聞こえるが、そこには深い信頼がこめられている。ウータだったら、なにが起こっても必ず乗り越えることができる……彼女にはそんな確信があった。

「………」

千花の返答を受けて、竜哉は複雑そうな顔をする。

もしも、城から出ていったのがウータではなく竜哉であったのならば、千花は同じように全幅《ぜんぷく》の信頼を示す反応をしてくれただろうか？

竜哉は肩を落とす。

（いや……無理だよな）

自分がウータほどには信用されていないことは自覚している。それが当然であると竜哉自身もわかっているのだが、一人の男としては受け入れたくはなかった。

竜哉はかつて、千花に告白してフラれている。

好きな人がいるからという理由だったが……千花の好きな相手がウータであることを、竜哉は確信していた。

「そーね。ウータ君ならダイジョブでしょ」

軽い口調で応じたのは、金髪のギャル系女子、東山美湖だった。

ピアスなどで自らを飾り立てた美湖は電波の通じなくなったスマホをいじりながら、なんでもないことのように言う。

「ウータ君はアタシらと違って特別なんだから。むしろ、ここにいたらアタシらに気を遣《つか》って自由に動けなくなるっしょ？　一人の方が自由に動けるからやりやすいんじゃない？」

「……それはあるでしょうね。きっと、私達ではウータさんの足枷《あしかせ》にしかなりませんから」

静かな声で西宮和葉が同意した。

彼女は日本人形のように整った顔立ちを悲しそうに曇《くも》らせる。

「ウータさんは元の世界に帰る方法を探すと言っていました。魔王を倒せば帰れるという話でしたが、それが確実とは限らないからと」

和葉はそこまで言うと、目つきを真剣なものに変え言葉を続ける。

「ウータさんが頑張っているのですから、私達は私達でできることをやりましょう……もちろん、なにをしたところで、ウータさんが一人で解決してしまうかもしれませんけど」

「そうね……だけど、平凡な私達にだってできることはあるはずよ。最低でも、ウータの足手まといにならないようにしないと！」

「アハハハ、ハードル高っ！　ほんっとにウータ君ってば一人で走っていっちゃうもんね。ついていくのも楽じゃないわー」

和葉の言葉は千花、美湖に響き、二人とも明るい口調でそう返した。

「…………」

幼馴染の女子三人がウータを語り、盛り上がっている。

竜哉はますます複雑な表情を浮かべた。

実のところ、竜哉は千花だけではなくて美湖や和葉にも交際を申し込んで玉砕《ぎょくさい》していた。

と言っても、決して三股をかけようとしたわけではない。

千花には小学五年生の時、美湖には中一の時、和葉には中三の時、そして、つい先日には千花にもう一度アタックして、破れていた。

告白してフラれて、落ち込んだり自分磨きをしたりと一年以上は間を空けてから挑んでおり……一応、ギリギリでセーフだと自分では思っている。

三人が竜哉をフッた理由は同じ。

ウータの存在である。

ウータは特別だ。女子三人にとっても、竜哉にとっても。

だから、ウータに対して嫉妬《しっと》はない。

嫉妬はないが……それでも、男としてやり切れないものはあった。

「……なあ、前から聞きたかったんだけど、お前らってウータに告白しないのか？」

「「「え？」」」

竜哉の言葉に、三人が同時に彼のほうを振り返る。

いずれも、驚いたような表情をしていた。

「いや、お前らがウータを好きなのは丸わかりじゃん？　それなのに、どうして告白しないのかなって」

「「「………………」」」

三人が一様に沈黙して、お互いに目配せし合う。

やがて、千花が口を開いた。

「……まあ、話しても問題ないわよね」

「いいんじゃない？」

「私も構いません」

美湖と和葉の同意を得て、千花が代表して説明をする。

「私達は三人で話し合って、高校卒業までウータに告白しないと決めているのよ」

「は？　なんで？」

思ってもいなかった答えに、竜哉はすぐさま問い返してしまう。

「もちろん、ウータの方から告白してもらうためよ」

千花が断言する。

同年代の女子よりもサイズ大きめな胸をグッと張って。

「ウータは優しいから、私達が告白したら絶対に断らない。私達を受け入れてくれるはず。だけど……それは優しさであって愛情じゃないでしょう？」

美湖と和葉も覚悟を決めた様子で千花に続く。

「アタシ達にもプライドはあるからねー。同情で付き合ってほしくはないでしょ？」

「……ウータさんに好きになってもらって、それで付き合いたいんです」

二人の言葉を引き継いで、またも千花が話し始めた。

「だから、それぞれがウータにアプローチして、ウータの方から告白してくれるのを待っているのよ。それまでは絶対に抜け駆けはしない……紳士《しんし》協定ならぬ淑女《しゅくじょ》協定ということね」

「……ちなみに、卒業までに誰もウータから告白されなかった場合はどうするんだ？」

竜哉が訊ねると、三人は再び意味ありげに目配せを交わす。

「その時は……シェアする予定よ」

「三人で一緒にウータ君と付き合うしかないっしょ」

「卒業式の日に、三人で協力してウータさんをホテルに連れ込むと決めています」

「は……？」

三人の答えを聞いて、竜哉が目を丸くさせる。

「私達はそれぞれウータのことが好きだし、付き合いたいとも思っているわ。だけど……ウータは特別。自分達では釣り合わないということくらい、わかっているから」

「ウータ君に好かれる努力はするけど、ダメだったら妥協ってことよねー」

「三人一緒であれば、ウータさんとも釣り合いがとれるかもしれません。他の誰かだったらともかく、千花さんと美湖さんでしたら、私は大丈夫です」

「私も二人が大好きよ。ウータの次にね」

「アハハハッ、アタシもおんなじー。ほんっとに気が合うよねー」

「…………」

笑い合っている三人の女子を見て、竜哉は改めて自分が付け入る隙がないのだと思い知った。

悔しいし、妬《ねた》ましい。

だが……同時に納得もしていた。

(ウータだもんな。ハーレムくらい作っても許されるか……)

ウータを特別だと思っているのは、竜哉もまた同じである。

だからこそ、特別なウータを愛している三人に懸想《けそう》したのかもしれない。

「……彼女、作ろう」

竜哉は何度目になるかわからない失恋をして、誰にも聞こえないようにつぶやいた。
三人を諦めて、別の女性を探そう。
自分でも不思議なほど晴れ晴れとした気持ちで、そう思うことができたのだった。

第二章　王都を観光するよ

城下町の裏路地にて。

あえて人気《ひとけ》のない場所に転移した花散ウータであったが……腕を組んで「うーん」と首を傾げた。

「さてさて……これから、どうしようかなー？」

とりあえず城下町にやってきたウータであったが……完全なノープランである。

幼馴染の友人達には「元の世界に帰る方法を探す」などと告げたものの、どうすればよいのかは考えていなかった。

「手っ取り早いのは、僕が完全体になることだよね……嫌だなあ」

ウータが人間の身体を捨てて完全な邪神に戻れば、時空を超えて元の世界に戻ることなど容易なことである。

しかし……覆水《ふくすい》盆に返らずという言葉があるように、完全体になってしまったら、人間の姿には戻れない。

そもそも、邪神であるウータが人の身体に宿っていること自体が奇跡的なのだ。

ウータ自身も、どうしてこのような状況になっているのかわかっていない。

「うーん……勝手に邪神に戻ったら、みんな怒るよね……」

四人の幼馴染も、両親も、ウータが邪神であることを知らない。

それでも……後から知ったら、きっと怒るし悲しむだろう。

「完全体に戻るのは却下。別の方法を考えようかな」

とりあえず、町に出て情報収集をしよう。

テクテクと裏通りを歩いていくウータは、角を曲がったところで思わぬ場面に出くわした。

小学校高学年くらいの年齢の少女が、複数の男達に囲まれていたのだ。

「ほら、こっちに来やがれ！」

「や、やめてくださいっ！」

「抵抗するんじゃねえ！　そもそも、テメエの親父が借金作ったことが原因だろうが！」

三人組の男達は少女の腕を掴み、どこかに引きずっていこうとしていた。

かなり犯罪的な光景であったが……それを目にしたウータは「うーん」と唸る。

「これは……やっぱりギルティなアレなのかな？」

男達が『親父の借金』がどうのとか言っていたことから、ウータは少女の父親が多額の借金を作ってしまい、その返済のために少女が連れさられようとしているのではないかと察した。

「……困ったな」

止めるべきかもしれないが……ウータは少しだけ、迷う。

ここが元の世界の日本であったのならば、誘拐《ゆうかい》も人身売買も犯罪である。

だが、この世界では合法という可能性があった。

「となると……一方的に男の人達を責めるのは間違いだ……そもそも、助ける理由があるわけでもないし」

「…………おい」

男に声をかけられても、ウータは考え続ける。

「でも、絵面はやっぱり犯罪だよね。この人達、ムチャクチャ悪人顔だし。見るからに息も臭そうだし。顔もブサイクだし」

「おい、そこの……おい！」

「やっぱり、どうにかした方がいいのかな……子供を見捨てたのが千花達にバレたら、怒られそうな気がするし……いや、でも関わりたくないなあ。すごい臭そうな顔をしているもの」

「テメエ、いい加減にしやがれ！　聞こえてんのか⁉」

「わっ！」

男達に怒鳴りつけられ、ウータは驚きの声を上げた。

少女に絡んでいた男達がそろってウータを睨みつけており、怒りの形相《ぎょうそう》になっている。

「あ、もしかして声に出していたかな？」

「無意識なのかよ！　むしろ煽《あお》ってるかと思ったわ！」

少女を攫《さら》おうとしていた男の一人が怒鳴る。

ひとりごとが多いのはウータの悪い癖である。

「ごめんごめん、今のは僕が悪いね。見た目で人を判断するのはダメだよね。息はやっぱり臭そうだけど、悪人だと勝手に判断して悪かったよ」

「謝罪するふりして、また煽ってるだろうが！　ぶち殺すぞテメエ！」

男達の一人が少女を押さえ込み、残りの二人がウータに向かってズンズンと歩いてくる。拳を振り上げて、いきなり殴りかかってきた。

「ウラアッ！」

「ッ……！」

ウータはそのまま、無抵抗で殴られた。

地面に仰向けに倒れる。口の中に錆《さび》に似た血の味がした。

「俺達にケンカを売っておいて、ただで済むと思ってんじゃねえぞ、クソガキがあ！」

「テメエも売り飛ばしてやろうか!?　それとも、畑の肥料にでもなるかあ!?」

男達が倒れたウータを踏みつけ、ツバを吐きながら暴言を撒き散らす。

何度もウータのことを蹴って……気が済んだ彼らは「フンッ！」と鼻を鳴らした。

「ガキが……これに懲《こ》りたら、舐めたマネするなよ！」

「二度とこの辺をうろつくんじゃねえぞ。次に顔を見せたらぶっ殺す！」

「それは怖いね。気を付けるよ」

「「なっ……！」」

ウータが軽く言って、平然と立ち上がる。

さんざん男達から暴力を受けていたというのに、その身体に傷らしい傷はない。

軽くブレザーの制服を叩いて、身体についた砂埃《すなぼこり》を落とす。

「悪口を言った僕が悪かったから、わざと蹴られたんだ。満足してくれたのなら嬉しいよ」

「テメエ……何者だ？」

「説明すると長くなるから答えられないよ。お腹も空いてきたし、もう行っていいかな？」

「クソが……死ねや！」

そのしゃべり方が気に障った男達は、再びウータに殴りかかる。

ウータはやはり抵抗しないが……男達の拳が身体に触れた途端、男達が消失した。

「は……？」

「え……？」

少し離れた場所にいるもう一人の男と、少女が驚きの声を上げた。

一度に二人の男が煙のように姿を消したのだから、当然の反応である。

「悪口を言ってしまった分だけ、殴られたし蹴られた。これ以上やるようだったら、抵抗するよ？」

「お、おい！　アイツらをいったいどこに……！」

「一人ぼっちは寂しいよね」

「ッ……!?」

ウータの声は最後に残った男……その背後から聞こえた。

いつの間にか、ウータは男の後方へと移動していた。

「後を追ってあげるといいよ。友達が待っているから」

「おま……」

男は最後まで言い切ることができず、姿を消した。

ウータの力によって、強制的に転移させられたのだ。

一部始終を見ていた少女が恐る恐るウータに話しかける。

「あ、あなたはいったい……」

「あの人達、町の外に飛ばしただけだから。すぐに戻ってくるだろうし、逃げるのなら早く逃げた方がいいよ」

「あ……」

「僕だって、分別もなく殺したりはしないってことで……じゃあね」

困惑する少女に軽く手を振ってから、ウータは裏通りから出ていった。


男達とのトラブルを解決したウータは、そのまま城下町の大通りへと出る。

すると、そこには賑やかな光景が広がっていた。

「おお、ファンタジーだ」

そこにあったのはまさにファンタジー作品に登場する街並みだった。

大通りには中世ヨーロッパ風の三角屋根の建物が並んでおり、大勢の人々が行き交っている。

普通の人間に混じって、ちらほらとエルフやドワーフと呼ばれるような者達も歩いており、なんとも幻想的な光景が広がっていた。

「安いよ、安いよー！　ナップルの実が安いよー！」

「奥さん、こっちの魚も見ていってー。獲れたて新鮮だよー」

通りに並んだ店からは、店主の客引きの声も聞こえる。

こうして見ると、ファンタジー世界も日本の商店街とさほど変わらない。

どちらも大勢の人間が暮らしていて、彼らの生活の営みがあるのだ。

「おっと、ごめんな」

「わっ」

通りをぼんやりと眺めていたら、誰かがぶつかってきた。

その誰かは謝罪の言葉を残して、そそくさと人混みの中に消えていく。

「……へえ、治安はそれほどよくないのかな」

ウータは小さくつぶやく。

財布をすられてしまった。財布といっても、あの国王から貰った金貨の袋だが。

「えいっ」

「へ……？」

人混みに紛れて逃げようとしているスリの目の前に転移する。

スリはなにが起こったのかわからないといった顔をしており、右手にはウータから盗んだ金袋を持っていた。

「ごめんね、これがないと困るから返してもらうよ」

「あ……」

ウータはスリの手から金袋を取り返し、再びポケットに入れた。

金さえ戻ってくれば、後はどうでもいい。スリを放置して去っていこうとする。

「あ、おい！　待て！」

しかし、スリが何故か食い下がってきて、ウータの肩を掴んでくる。

「それは俺の金だ！　返しやがれ！」

「おお、文字通りに盗人猛々《ぬすっとたけだけ》しいなあ。人から盗んだものを自分のものとか言っちゃうんだ」

「う、うるせえ！　さっさとそれを……」

「やめておけばいいのにね、この世界も馬鹿が多いよ」

「ッ……!?」

ウータは再度、力を行使する。

肩を掴んでいた男の指先から肘《ひじ》までが、一瞬で塵に変わった。

「今はそれほど機嫌が悪くないから、左手だけでいいよ。右手は大切にしてあげてね」

「ひ……ギャアアアアアアアアアアアアアアッ!?」

悲鳴を上げる男に周囲からの視線が集まるが……ウータは素知《そし》らぬ顔で立ち去る。

あのスリは標的にする人間を間違えた……ただ、それだけのことだ。

「とりあえず、腹ごしらえかなー。ご飯を食べよう」

のんびりと言いながら、ウータは大通りを散策した。

通りには露店も多くあって、串に刺した肉を焼いていたり、なにかのスープを売っていたりする。この辺りで済ませてしまってもいいが……ふと、スパイシーな匂いが鼻を突いてきた。

「これは……」

ウータが匂いの方に視線を向けると、そこには小さな食堂があり、スパイスの香りはそこからしていた。

「うん、いいね」

店構えも綺麗で、それでいて高級店というふうには見えない。ちょっと昼ご飯を食べるには手頃そうな店だった。

ウータが店に入ると、恰幅《かっぷく》のいい店主がカウンターの向こうから声をかけてくる。

「いらっしゃい！　空いている席に座ってよー！」

「あ、はい」

ウータがカウンターの席に座った。

メニューらしきものが置かれていたので、手に取ってみる。そこに書かれているのは初めて見る文字だったが、不思議と意味は理解することができた。

「カリー……匂いでそうかと思ったけど、やっぱりか」

予想通り。匂いの正体は『カリー』……つまり、カレーだった。

どうりで食欲をそそられるわけだ。メニューには『野菜カリー』や『チキンカリー』、『シーフドカリー』などが羅列《られつ》されている。

「それじゃあ、チキンカリーで」

「あいよ、チキンカリー一丁。お飲みものは？」

「えーと、水でいいかな」

「はいよ、お水ね。御代は先払いだよ。五百五十ペイツね」

「あー、えーと……」

通貨がわからない。ウータは金袋に入っていた金貨を一枚取り出し、カウンターに置いて店主の反応を見る。

「あー、一万ペイツ金貨ね。細かいのはないのかい？」

「すみません。今日はこれしかなくって」

「仕方ないなあ。お釣りを持ってくるから待っていてくれ」

店主は受け取った金貨を持って、店の奥に消えていく。

すぐに戻ってきて、ウータに十数枚の貨幣を渡してきた。

「はいよ、確認してくれ」

「どうも」

ウータは渡されたお釣りを確認する。

大きな銀貨が九枚、小さな銀貨が四枚、銅貨が五枚。

そして……先ほど、店主は金貨のことを『一万ペイツ』と言っていた。

（金貨が一枚一万ペイツだから……大きな銀貨が千、小さな銀貨が百、銅貨が十ってところかな？）

チキンカレー一杯が五百五十ペイツということは、当分食うのには困らなそうだと、ウータは袋の中身を思い返す。

（王様がくれた袋には金貨が百枚くらい入っていたから……百万ペイツってことね。それなりに大金をくれていたんだな……どうせ殺して、奪い返せるからということかもしれないけど……）

ウータは怯えた表情の国王を思い出す。

（助かったよ、お互いにね。あまりにも少額だったら、お金を取りに戻らなくちゃいけないところだった）

そうなれば、確実に国王は絶望の底に落とされる。自分を何十年も老化させた悪魔に再び会うことになるのだから、恐怖のあまり我を失うかもしれない。

「はい、チキンカリー。お待ち」

「わっ、美味《おい》しそう！」

考えているうちに、料理が運ばれてきた。

カウンター席に、皿に入ったカレーとナンのようなものが置かれる。

食欲を誘うスパイスの匂いがさらに強くなり、胃袋が空腹を訴えてきた。

「いただきますっ！」

これからのことなど考えることは多いが、とりあえず今するべきことは腹ごしらえである。

ウータはナンを千切って、カレーを付けてから口に運んだ。

スパイシーな味わいは癖になるもので、一度食べ始めたら手が止まらなくなる。

「フウ……満腹満腹」

やがて食事を終えて、ウータは満足げに息を吐いた。

目の前に置かれた皿はすっかり空になっている。

大衆食堂らしく値段の割に量もあって、味もなかなかのものだった。

異世界転移もののマンガやライトノベルの中には、異世界は食文化が未発達で苦労させられるパターンもあるが、この世界の料理は十分に美味《うま》かった。

「ハハッ、気に入ってくれたようでよかったよ！　カリーは苦手っていう人もいるからね！」

太った店主がウータに笑いかけてきた。

ウータの食べっぷりを気に入り、上機嫌な様子だ。

「これを不味《まず》いって言う人がいるのかな？　信じられないなあ」

カレーはインド料理ではあるものの、日本でも愛されている。カレーを気に入らない人間がいるとは納得がいかないことである。ウータは断固として抗議したいと感じた。

「そうなんだよ。ドワーフとかは辛いものが好きなようだけど、エルフなどは苦手という人が多いな」

「フーン、そうなんだ」

種族が異なれば、味の好みなども異なるということだろうか。

ウータは水を飲み干して、ふと気になったことを訊ねる。

「ところで……カリーだったよね？　この料理はファンブル王国の名物とかなのかな？」

この国の文化についてはまるで知らないが、カレーはインドのような暑い国の食べ物だ。

この城下町のヨーロッパ風の街並みからは違和感があった。

「ふぁんぶる……ファーブニル王国のことか？」

「あ、そう。それそれ」

「この国の名前も知らないのかよ。どこから来たんだ、君は」

店主が呆れた様子で苦笑しながら、ウータの前にある空の食器を回収する。

「これはファーブニル王国東の都市……『魔法都市・オールデン』で生み出されたものだよ。親父がそっちの出身でね。俺は親父から店を継いだ二代目の店主ってわけさ。なんでも、その町にいる大賢者様が故郷の料理を真似して香辛料を生み出し、広めたものだとか」

「大賢者様……？」

「ああ。五百年前、当時の勇者様と一緒に魔王を倒して世界を救った御方さ。この世界とは別の世界から来られた方で、『賢者《けんじゃ》の塔《とう》』という場所のトップをしている」

そんな人がいるのかと思った矢先、ふと店主の言い回しに引っかかりを覚えた。

「トップを……している？　五百年前の人なんだよね？」

「ああ。大賢者様……名前はユキナ様というのだけど、彼女は不老不死であられるのさ。今も若々しい姿で生きている。五百年前から生きていて、国王陛下だって頭が上がらない人なんだぜ？」

「………」

店主の説明から察するに、その大賢者という人は異世界から召喚された人間なのだろう。

『ユキナ様』という名前から、日本人である可能性が高い。

(これは……いきなり、次の目的地が決まったんじゃないかな？)

五百年前に召喚されたという大賢者であれば、元の世界に戻る方法を知っているかもしれない。

どうせアテがあるわけでもないので、とりあえずはそこを目指すのがいいだろう。

「ありがとう。色々と教えてくれて感謝するよ」

「よくわからないが、いいってことよ」

「それじゃあ、ごちそうさまでした」

ウータは店主にお礼を言ってから、店から出た。

初日から方針が決まった。幸先がいいことである。

東の都市……魔法都市オールデンを目指して、そこにいる大賢者ユキナと会う。

そしてその人から、元の世界に戻るための方法がないかを訊く。

(五百年、生きているような人だったら、なにか知っているかもしれない。それと魔王という存在についても情報を集めておかないとね)

「ひゃっ！」

「え？」

考えごとをしながら店を出たウータは、すぐそこにいた誰かとぶつかってしまう。

小柄な人物が尻もちをついて地面に転んでしまった。

「あ、ごめん！　大丈夫かな⁉」

「だ、大丈夫です……」

「あれ、君はたしか……？」

転んでいた人物……小柄な少女に手を差し伸べて、そこで気がついた。

そこにいたのは先ほど、裏路地で男達に絡まれていた少女だったのだ。

「君は……どうしてここに？」

「え、えっと……」

ウータの問いに、少女が曖昧《あいまい》な顔をして目を逸らした。

しばし考え込む様子で黙り込み、やがて意を決したように口を開く。

「あ、案内はいりませんか⁉」

「へ……？」

「お兄さん、この町の人じゃないんですよね⁉　おかしな服を着てますし……さっき助けてくれたお礼に、この町を案内します！」

「………」

やけに圧の強い少女の様子に、ウータは目を白黒とさせるのだった。

◇　◇　◇

「こっち、こっちですっ。ここが『栄光通り』という場所です！」

少女の案内を受けて、ウータは城下町を散策することになった。

望んで来たわけではないが……人として生を受けて、初めてやってきた外国（？）だ。

いずれは元の世界に戻るにせよ、多少の観光くらいはしておかないともったいない。そう感じたウータは少女の提案を受け入れることにした。

少女の名前はマリーと言って、城下町の生まれであり、この町にはそれなりに詳しかった。

マリーは観光スポットなども知っていて、彼女の案内で観光客が必ず訪れるという『栄光通り』という場所にやってきていた。

レンガで舗装《ほそう》された広い道の左右には、たくさんの銅像が並んでおり、道行く人々を見下ろしている。

「通りの左右に銅像が並んでますよねっ。右にあるのが歴代の王様のもので、左にあるのが国のために戦った英雄のものです」

マリーの説明を受けて、ウータは左右を見渡しながらつぶやく。

「へえ……なかなか立派だね」

「そうなんですよっ！　ほら……あっちの奥にあるのが初代国王様。向かい合っているのが、五百年前に魔王を倒した勇者様ですっ！」

「勇者ね……へえ……」

かつての勇者の銅像に近寄って、下から見上げる。

台座の上に立っている等身大の銅像は、涼しげな相貌の美男子の姿をしていた。

剣を高々と掲げており、いかにも勇者といった感じだ。

「……これだけじゃあ、日本人かどうかわからないね」

一緒に戦った大賢者とやらが自分や友人達と同じ異世界人であるとして……勇者もまた、同じように召喚された人間だと思ったのだが。

この銅像の容姿を見るだけでは、判断がつかなかった。

「初代国王様は勇者様に協力して魔王を倒して、この国を建国したんです！　今年で建国五百年になるから、たくさんの人が来てるんですよっ！」

「メモリアルイヤーってことだね。それにしても……えらく平和だねえ。新しい魔王が出てきたんじゃなかったかな？」

「え、新しい魔王？　なんの話ですか？」

「うん？」

マリーは不思議そうにウータのことを見つめている。

なにを言っているのかわからないというような顔だった。

(もしかして、魔王が今も生きているってことを知らないのかな？)

魔王が魔族を率いて人間の国々に攻め込んできていると聞いたが、その情報は一般人には明かされていないのかもしれない。

王都の様子を見るに……この国はまだ戦火にさらされていないようだ。

軍事的な機密情報として、魔王のことが秘匿《ひとく》されている可能性があった。

(王様が僕達を騙しているという可能性もあるけど……問い詰めた時の様子を見る限り、魔王が攻め込んできているってのは嘘じゃないんだよね)

そこまで考え込んで、ウータは真剣な顔でつぶやいた。

「……大賢者様に聞かなくちゃいけないことが増えたかな？」

そのひとりごとを聞いたマリーが不思議そうに顔を覗き込む。

「どうしたんですか、お兄さん？」

「いや、なんでもない……いいものを見せてもらったよ。ありがとう」

「あ、はいっ！　喜んでもらえてよかったですっ！」

……と、マリーが笑顔になったタイミングで、彼女のお腹が可愛らしく鳴る。

クーッと小動物の鳴き声のような音を立てて、空腹を訴えていた。

「あ……」

「あははは、お腹空いたの？」

「はう……恥ずかしいっ」

「そこの露店で食べていこうか。甘い匂いがするね」

顔を赤くしたマリーを連れて、近くにあった露店を訪れる。

その店では焼き菓子を売っていた。小麦粉を丸めて焼いたものに砂糖をまぶしたお菓子が袋に詰められ、甘い匂いを周囲に漂わせている。

「さっき、お昼ご飯を食べたばっかりだけど……やっぱり、甘いものは別腹だよねー」

「わ、私も食べていいんですか……？」

おずおずと訊ねてきたマリーに、ウータは頷いた。

「もちろん。美味しいよ？」

「…………」

ウータが勧めると、マリーがモクモクと丸いカステラのようなお菓子を食べる。

「甘い、美味しい……！」

「うん。蜂蜜《はちみつ》も入っているのかな？　美味しいね」

「…………」

甘いお菓子を食べながら……不思議と、マリーの表情は曇《くも》っている。

さっきまであんなに楽しそうに案内をしていたのに、急に思いつめた表情だ。

その顔を例えるのであれば……まるで、犯した罪の告白を前にした罪人のようだった。

（どうして、こんな顔をしているのかな？　甘いものを食べているんだから、もっと嬉しそうな顔

をしたらいいのに）

ウータは不思議そうに首を傾げながら、「そういえば……」とマリーに頼みごとをする。

「僕は明日にでも、東にあるオールデンという町に旅立つつもりなんだ。旅の準備がしたいんだけど、必要なものを売っているお店はあるかな？」

「オールデンに……町を出てしまうんですかっ？」

「うん、そのつもりだけど？」

「そ、そうなんですか……」

またしても、マリーが表情を暗くさせるが……すぐに笑顔になって手を上げた。

「……はいっ！　それじゃあ、案内しますねっ！」

「………？」

どうにも、ウータの目にはマリーが無理しているように見えた。

先ほどから、年齢に似合わない憂《うれ》いの顔を見せている。

その後、そんな少女らしからぬ反応を不思議に思いながら……ウータはマリーの案内を受けて、とある店を訪れた。

その店は大通りから外れた場所にあり、やや寂《さび》れた雰囲気がある店である。

「いらっしゃい……って、アンタかい。マリー」

「こんにちは、お婆《ばあ》ちゃん」

店内にいたのは魔女のような黒いローブを身に着けた老婆である。

やりとりから、マリーと顔見知りであることが察された。

「お客さんを連れてきたよ。この人、旅に必要な荷物が欲しいんだって」

「ふうん……見ない顔だねえ。その服といい、黒髪といい、おかしな奴が来たもんだよ」

老婆がジロジロと不躾《ぶしつけ》にウータのことを観察する。

「まあ、客だっていうのなら歓迎するさ……金はあるんだろうね」

「まあ、わりと」

ウータが国王から貰った金袋を取り出して、老婆がいるカウンターに置いた。

ジャラジャラと音がして、開いた口から数枚の金貨がこぼれ出る。

「おお？　なかなかの大金じゃないか！」

「…………！」

老婆とマリーがそろって目を剥《む》いた。

いきなり札束を取り出したようなものなので、この反応も当然だ。

老婆はしばし驚きに固まっていたが、すぐにクシャリと表情を歪めて笑顔になった。

「金払いのいい奴だったら、どんな怪しい奴だって大歓迎だよ。すぐに旅に必要なものを持ってきてやるから、そこで待っていな」

「あ、はい」

老婆がテキパキとした動きで棚からものを持ってきて、カウンターの上に並べる。

大きなリュックサック、テント、寝袋、外套《がいとう》、カンテラ、食料品、水筒、ナイフ……それなりに大量の物品がカウンターに積まれていく。

「一通りそろえたら、かなりの量になるけど……アンタ、馬か騎竜《きりゅう》は持っているのかい？」

聞きなれない単語が出てきて、ウータは聞き返す。

「騎竜？」

「馬みたいに人を乗せて走る小型のドラゴンだよ……まあ、貴族様でもあるまいし、持っているわけがないか」

「うん、どっちもないけど……別に問題ないよ。荷物だったらこうすればいいから」

ウータが右手で荷物を掴んで、左手を宙にかざす。

すると、テーブルに並べられた大量の荷物が見えない怪物に食べられているかのように、次々と数を減らしていった。

「それは……アイテムボックス!?　アンタ、空間魔法を使えるのかい!?」

老婆が驚いた様子で叫ぶ。

「それは『賢者』か『冒険王』のジョブに就いた人間しか使えないはずなのじゃが……アンタ、まさか高位職に就いているのか⁉」

「んー？　僕は学生で、不本意だけど『無職』って言われたことがあるけど？」

「『無職』にアイテムボックスが使えるわけないだろう⁉　年寄りを騙すんじゃないよ！」

「そもそも、ジョブってなんなのかな？」

「アンタ、ジョブのことを知らないのかい？　アンタ、いったいこれまでどうやって生きてきたんだい？」

老婆が呆れた顔をして、ウータに説明する。

この世界の人間は生まれながらにして『ジョブ』というものを持っており、それによって人生がほぼ決まってしまう。

ジョブには『剣士』や『魔法使い』のような戦闘に長《た》けたもの、『商人』や『職人』のように人の生活を支えるものなど様々である。

基本的に生まれながらのジョブを変える方法はないのだが、神が生み出した特別な魔法を使うことで、変更することもできる。

「『無職』はなんの力も持たず、魔法を使うこともできないジョブだよ。役に立たないから、神に見放されたジョブなんて言われているねえ」

「へー、それであんな反応だったのか」

あからさまにウータのことを蔑《さげす》む顔をしていた国王を思い出す。

「よくわかったよ。ちなみに、お婆さんの職業とか聞いたら、失礼になるのかな？」

「アタシは普通に『商人』だよ。珍しくもないねえ」

「へー。それじゃあ、マリーは…………あれ？」

マリーの方を見るウータであったが、すぐに目を瞬《しばた》かせた。

いつの間にか、そこにいたはずのマリーがいなくなっている。

少し前から会話に参加してこなかったが……いつからいないのだろう？

「あれ、あれれ？　そういえば……」

ウータが横に視線をスライドさせると、カウンターに置いていたはずの金貨の袋が消えていた。

この世界におけるウータの全財産が入った布袋が、跡形もなくなっている。

「もしかして……盗まれた？」

会ったばかりだったが、それなりに仲良くなったと思っていた少女の裏切りに、ウータは呆然と立ちすくむ。

「あーあ……やられちゃったねえ」

そんなウータに、老婆が肩をすくめて唇を歪める。

「あんな大金、迂闊《うかつ》に見せるから悪いんだよ。金は魔物。善人の心にだって悪魔を植え付けるんだからね」

「ムウ……盗まれた僕が悪いってこと？」

「そうは言わないけど……まあ、あの子にも事情があるんだろうね」

老婆がわずかに開いたままになっている扉を見つめ、遠い目になった。

「盗んだあの子が悪い……憲兵に通報するなとは言わないし、あの子を許せとも言わない。だけど……あの子が根っからの悪人だとは思わないでやっとくれ。それと、お金がないなら品物は返してもらうからね」

「…………」

老婆の言葉に、ウータは「意味がわからない」と小さくつぶやいたのであった。

◇　◇　◇

「ハア、ハア、ハア、ハア……！」

マリーは逃げていた。

両手で金貨が詰まった袋を抱いて、夕闇に包まれた城下町を走っていく。

（やっちゃった……盗んじゃった……）

マリーは貧しい生活をしていたが、それでも、盗みなどの悪事に手を染めたことはない。

それなのに、手を付けてしまった。

よくしてくれた男性の金を。お菓子を食べさせてくれた、優しい男性の金を盗み出してしまった。

（ごめんなさい、ごめんなさい……許してっ……）

最初は、金を盗むつもりなどなかった。

裏路地で見せた、三人の男達を圧倒した謎の力。それを目にして、自分の姉を助けてもらおうと近づいたのだ。

だけど……ウータは明日にでも町を出ると言っていた。姉を助ける時間はない。

落胆《らくたん》していたところに大金を見せられて、勢いでついつい盗んでしまったのである。

「ごめんなさい、ごめんなさい……！」

マリーは泣きながら、スラムの中を走っていく。

走って、走って、走って、走って……

息が切れて心肺が限界を迎えた頃、目的の場所に到着した。

そこは、路地裏にしては場違いなほど立派な建物、ファーブニル王国の裏社会を支配しているギャングの拠点だった。

「あん？　お前は……？」

丁度よく、建物の前に目的の男を見つける。

それは数時間前、マリーに絡んでどこかに連れ去ろうとしていた男達だった。

三人いたはずの男達は何故か一人になっており、その男も服を血に染めている。

「テメエ、どの面下げて俺の前に顔を出しやがった⁉　テメエが大人しくついてこなかったせいで、俺の手下が魔物に襲われて死んだんだぞ⁉」

男が顔を赤くして、マリーを怒鳴りつける。

マリーは知る由もないことだったが……ウータによって転移させられた男達は、城下町から少し離れた場所にある森に飛ばされた。

ウータが意図したことではない。適当に転移させられた場所が、たまたま森の中だったのである。

森は城下町からさほど離れていないものの、魔物が棲《す》みついている危険な場所だった。

三人組の男達のうち二人が狼の魔物に襲われて命を落として、残った一人が辛《かろ》うじて町まで逃げ帰り、拠点へ戻ろうとしていた。

「あの男はどこに行きやがった……見つけ出して、絶対に……！」

「あ、あのっ！」

「あん？」

「このお金で……このお金で、お姉ちゃんを返してくださいっ！」

偶然男を見つけたマリーが声をかけ、ウータから盗んだ金袋を差し出す。

これを盗み出した目的は、ギャングに連れて行かれた姉を救出するためだ。

今、マリーは先の老婆が経営している雑貨屋の手伝いなど、日雇いの仕事で生計を立てているが……元々は、とある商家の娘だった。

幼い頃に母親を亡くしてから、父親と姉の三人で暮らしていたのだが……父親が事業に失敗し、おまけに、ギャンブルに手を出して多額の借金を作ってしまったのだ。

父親は借金を作るだけ作って、責任を取ることなく逃げてしまった。

そのため、五歳年上の姉が代わりに男達に連れて行かれたのである。

「このお金があれば、借金を返済できるはずです……お願いしますっ。お姉ちゃんを、お姉ちゃんを返してっ！」

「………」

金貸しの男は先ほどまでの怒りを引っ込めて、マリーが差し出した金袋を見下ろした。

そして中身を見て、唇を吊り上げる。

「おいおい……ガキがどこでこんな大金を手に入れてきやがった？」

「それは……」

「まあ、いいさ。どうせどっかで盗んできたんだろ」

男が上機嫌な様子で金袋を懐《ふところ》に収める。

そして、マリーに背中を向けて立ち去ろうとした。

「こっちはまっとうな金貸しだからな……返済した以上、もう用はねえ。テメエのことは売り飛ばさないでやる。さっさと消えるんだな」

「ま、待ってっ！　お姉ちゃんは？　お姉ちゃんはどこなのっ……!?」

「あん？　テメエの姉貴なんてとっくに死んだよ」

「え……？」

男からぶつけられた言葉に、マリーが凍りついた。

なにを言われたのかわからない。足が震えて、今にも地面に崩れ落ちそうだ。

「なにを……え……？」

「テメエの姉貴は、親父が作った借金を返すために娼館《しょうかん》で働いたが……運悪く、女を嬲《なぶ》ることが好きな客に当たっちまってな。殴られて、そのままおっ死《ち》んじまったよ」

「そん、な……嘘……」

「嘘じゃねえよ。アイツが金を返せなかったから、代わりにお前に払わせようと思ったんじゃねえか。俺には理解できねえが……テメエみたいなガキを好き勝手にするのがいいって奴もいやがるからな！」

男が顔だけ振り返り、嘲笑《あざわら》うように告げる。

「よかったな……自分だけでも助かって。神にでも感謝しな」

「あ……ああ……」

マリーが膝から崩れ落ち、地面に両手をついた。

自分がやったことは無駄だった。

盗みまでして、救い出そうとした姉はもういない。

「う……あああああああああああああっ！」

マリーの絶叫が夜の町に虚しく響きわたる。

「あああああっ！　アアアアアアアアアアンッ！」

姉が死んだ。

助けたかった。生きていてほしかった。

だけど、死んでいた。

頑張って働いてきたのに。盗みまで働いたというのに……全部全部、意味がなかった。

もう、マリーが救いたかった家族はどこにもいない。

「アアアアアアアアアアアアアアアアアアアッ！」

暗い裏路地でマリーは泣き続けた。

胸にどうしようもない絶望と虚無が広がっていく。このまま涙と一緒に流れて、消えてしまいたい気分だった。

「どうかしたのかな？　大丈夫？」

そんな時、ふと誰かに話しかけられた。

叫び、嘆《なげ》きながらも、その声だけはスウッと沁み込むようにして耳に入ってくる。

「あなた、は……」

声をかけられ、顔を上げると見知った少年が立っていた。

黒髪黒目。この世界では珍しい特徴を持った、それでいて平凡な体格と雰囲気の少年。

花散ウータ……マリーが騙して、金を奪った少年が見下ろしていた。

「どうしたんだい、なんで泣いているのかな？」

ウータが訊ねる。優しく、落ち着いた声だったが……マリーにはそれが酷く恐ろしいものであるように感じられた。

「ごめん、なさい……」

「うん？」

「お金を、渡してしまいました……あなたの、お金を……」

「…………」

「あのお金で、お姉ちゃんを取り戻すはずだったんです……お父さんが作った借金のせいで連れて行かれたお姉ちゃんを……」

マリーは泣きながら、自分が置かれている状況を口にする。

それは盗みを働いた言い訳をしているというよりも、教会で懺悔《ざんげ》をしているようだった。

父親が借金を残して逃げ、姉が借金の形《かた》として連れて行かれたこと。

姉を取り戻すために、働いてお金を稼いでいたこと。

債権者の男達が目の前に現れて、マリーのことも連れて行こうとしたこと。

姉が娼婦に落とされていて、客の暴力によって命を奪われていたこと。

そのために、代わりにマリーを働かせようとしていたこと。

一つ残らずマリーは打ち明けた。

そして、縋《すが》るような目線をウータに向ける。

「どうして、どうして私は子供なの……？」

「…………」

「もっと大きかったら、お姉ちゃんを助けられたかもしれないのに。お姉ちゃんの身代わりになって、私が身体を売ることもできたのに……どうして、どうして、私はこんなに小さくて弱いのよ……」

「そっか、辛いね」

うずくまって泣きじゃくるマリーの頭に、ウータが掌《てのひら》を載せる。

「辛いね。寂しいね。悲しいね。痛いね……怖かったねえ」

「う……えぐっ、えぐっ……私、あなたのお金を……」

「大丈夫。君は間違っていない。家族は大事だもの。他人の財布よりもずっと大切だもの。君は正しいことしかしていないよ」

「そう、なの……？」

頭を撫でられながら見上げると、ウータは不思議なほど穏やかな顔をしていた。

優しい……というのとは少し違う。愛情や同情とも違う。

包み込むようでありながらも、決して寄り添うことはしない。相手を理解しようともしていない。

雲の上から小さな人間を見下ろして、愚かな過ちにやれやれと諦念混じりの情けを抱くような、その瞳。

それは慈悲《じひ》と呼ばれるもの。

はるかなる高みに立っている超越者の慈しみが、ウータの両眼には宿っていた。

「どうせ人から貰ったお金だし、別に怒ってはいないけど……君が罰を受けることを望んでいるのなら、僕はそれを与えよう」

「ッ……！」

「罰もまた罪人にとっては救済だよね。罰を受けることで人はまっさらな気持ちになって、人生をやり直すことができるんだから」

マリーの意識が遠ざかる。

もう二度と目覚めないのではないかと思うほど、深く深く沈んでいく。

「君は許された。新しい人生を、今度は自分のために生きるといいよ」

その言葉を最後に、ピシャリと目の前が真っ暗になった。

◇　◇　◇

拠点としている建物の二階にて、数人の男達が笑い合っていた。

「まったく！　あんなガキからこんな大金が取れるとはなあ！」

「アイツの親父に貸した金は大した額じゃないのにな！　ギャハハハハッ！」

男達は、ファーブニル王国の裏社会においてそれなりに力を持っている組織だった。

主な収入源は高利貸し、人身売買、売春の斡旋《あっせん》。いずれも阿漕《あこぎ》な行為ではあるものの、ファーブニル王国の法では規制されていない、合法な商売だった。

彼らはマリーの姉を娼婦にして、父親に貸した金の返済をさせようとした。

しかし、全ての金を返済させるよりも先に、その娘は命を落としてしまった。

もちろんその客にはケジメを取らせたが……それはそうとして、足りない分の金は取り立てなければいけない。

そこで、男達はマリーに近づいて、姉と同じように娼婦にしようとしたのだ。

だが、それをせずに大量の金貨を手に入れたので、男達はホクホク顔をしている。

やせっぽちの子供を売っても、金貨十枚程度も稼げない。

まさか、その十倍もの金額を手に入れられるとは思わなかった。

「そういえば……俺の部下を転移させたガキ、どうしてやろうか？」

あの見知らぬ少年のせいで、二人の部下が死んでいる。

男もまた死にかけており、報復しなければ、怒りが収まりそうになかった。

「絶対に町から出すな。生かしたまま、俺の前に連れてこい！」

「へい、わかりやした！」

「フン……」

部下に命じて、男は手に入れた金貨の袋を手の中で弄《もてあそ》びながら、思いを馳《は》せる。

自分達は狼だ。人を襲い、喰《く》らうケダモノだ。

そういう生き方を選んだ。そういう生き方しか選べなかった。

スラムで生まれ育った孤児に選べるのは、一生負け犬として生きていくか、暴力で他人から奪うかだけだ。

(だから、舐められるわけにはいかねえ。盾突く奴は一人残らず、地獄を見せてやる……！)

もの思いにふけるギャングの男であったが……階下から騒ぐ音が聞こえてきた。

「おい、なにを騒いでやがる？」

「ちょっと、見てきやす」

部下が様子を見に行こうとすると、それよりも先に扉が外から開かれて、若い部下が飛び込んできた。

「大変です、兄貴！　殴り込みです！」

「あ？　どこのどいつが……!?」

「僕だよー」

「あ……」

部屋に飛び込んできた部下が消えた。まるで冗談のように身体が砕けて塵となったのだ。

「どうもー、ウーターイーツですー……なんちゃって」

部下の残骸、床に積み重なった塵を踏みつけて現れたのは、一人の少年である。

見覚えがある。先ほど話題に出していた……部下を転移させた張本人だった。

「テメエ……どうしてここに……！」

「どうしてだと思う？　なんでだろうねえ」

「……下に若いのがいたはずだ。そいつらをどうした？」

「殺したよ。みんな、塵にした」

「…………！」

一階にいたのは組織の若い衆で、いずれも頭の悪い馬鹿ばかりだが、それなりに腕っぷしは立つ者達だった。

「それを殺しただと……テメエみたいなガキが、たった一人で……！」

「そう言っているんだけど……聞こえなかったのかな？」

「殺せ！」

男が命じると、すぐさま部屋にいた部下達が動き出す。

数人の部下が剣を抜いて、少年に斬りかかった。

いずれも手加減なしの一撃である。殺しに慣れたギャングの剣だ。

「ああ……いいね」

しかし、少年は……ウータは動かない。

回避もしない。防御もしない。

それなのに……ウータに斬りかかった男達の武器が勝手にへし折れた。

「なっ……」

「いいね。そうやって殺しにかかって来てくれると、とても気が楽だよ。安心して殺せる」

へし折れた剣はいずれも黒ずんでおり、錆びついたクズ鉄になっていた。

まるで手入れもせず、ずっと塩水に漬け続けていたような……どうやったら、一瞬でこんなふうになるのか、男達は目の前の現実が信じられないという顔をする。

「それじゃ、反撃ね」

「グッ……」

ウータが軽いステップで床を蹴り、金貸しの部下達の身体に触れていく。

そのたびに彼らの身体が塵となり、床に散らばっていった。

「馬鹿な……いったい、テメエは何者なんだ……！」

最後に残された男が呆然とつぶやく。

たった数秒で部下が死んだ。階下にいる若い衆も死んでしまった。

「テメエの能力……転移じゃなかったのか？」

「それもあるけど、別に転移だけじゃないよ？」

ウータの口調は軽い。たった今、人を殺したとは思えないほどに軽薄な態度である。

「俺のことも殺すのか……」

「うん、殺すよ」

「……見逃してくれ」

「ん？」

「見逃してくれ。金は渡す。だから、俺だけは助けてくれ」

男が頭を下げる。

スラムの孤児からここまで成り上がった。奪われる側から、奪う側になった。

それなのに……死にたくなんてない。積み上げたものを失いたくなんてなかった。

「うーん、ダメかな。やっぱり」

「どうしてだ……俺になんの恨みがある？　皆殺しにしなくちゃいけないようなことを、俺がお前にしたっていうのか……！」

「してないけどね、別に」

ウータの口調はあくまでも軽い。

そう……この男は、ウータに対して別になにもしていない。

彼の部下は蹴ったが、それだけだ。

そして、男達が鏖殺《おうさつ》されるほどの悪人だったかと聞かれると、それもやはり違う。

男達がやっている商売は、この国においてどれも合法。

暴力を使って取り立てをしているのは褒められたことではないが……少なくとも、憲兵《けんぺい》には見逃されている。

放っておいたところで、さしたる害にはならないだろうと放置される程度の小悪党でしかなかった。

「しいて理由を上げるのなら……不愉快《ふゆかい》だったからかな？」

「不愉快、だと……？」

「うん、そうだね」

ウータはのんびりとした口調で、怒りも悲しみも浮かんでいない顔で告げる。

「あの子が泣いているのを見て、モヤーッて気持ちになったから。お腹の奥が重くなって、ムカムカしたから。ご飯が美味しくなくなるような気がしたから……だから、殺すね？」

「そんな理由で……そんな理由で、テメエは人の命を奪えるっていうのか……!?」

「そうだけど……なにか、問題あったかかな？」

「………………！」

平然と言ってのけるウータの顔を見て、ようやく男は悟《さと》った。
(この男……人間じゃねえ……!)
怒りや憎悪から人を殺す人間を、男は知っていた。
金のため、あるいは快楽のために殺人に手を染める人間も知っている。
正義感のため、国や忠義のために人を殺す人間だって、知っていた。
だが……ウータの瞳にはなんの感情もない。
部屋の汚れが気になるから掃除をする、その程度の気軽さで多くの人間を殺害した。
(俺達は、触れてはならないものに関わっちまった……!)
男は人生で最大の恐怖に襲われた。
特に理由なく、気まぐれで人を助ける。
特に理由なく、気に入らないから人を殺す。
慈悲深く、冷酷で、寛容で、残虐で。
理屈など無視して、道徳を踏みにじって。
それはまさしく、邪神の所業。人間の法や倫理の外側にいる怪物の在り方である。
「お話がこれで終わりだったら、そろそろ殺すね」
「待っ……」

「じゃあね」

これでおしまい……紙芝居が終わるような調子で、ウータが男の人生に幕を下ろす。

男の肩に軽く触れると、その身体が粉々に砕けて塵となる。

「あ、僕のだ」

塵となった男の残骸……そこに埋もれた金貨の袋を拾って、ウータは嬉しそうに笑うのであった。

◇　◇　◇

「あ……？」

その少女……マリーは気がつくと、どこかの部屋で寝かされていた。

ぼんやりと周囲を見回すと、顔見知りのお婆さんが経営している雑貨屋だった。

「私、生きてる……？」

確かに、死んだと思った。殺されても仕方がないことをしたから。

それなのに……生きている。胸に手を当てると、心臓がドクドクと鼓動を繰り返していた。

「ああ、目を覚ましたのかい？」

「お婆ちゃん……？」

「外傷はないけど、なかなか目を覚まさないからどうしようかと思ったよ。無事に目覚めたようでよかったじゃないか」

雑貨屋の店主である老婆が、マリーに木製のコップを手渡す。

マリーはそれを両手で包み込むようにして握り、中に入っていた水に口を付けた。

「アンタ、自分の状況に気づいているかい？」

「状況、ですか？」

マリーが首を傾げた。

盗みを働いてしまったのだから、憲兵に捕まってしまうということだろうか？

そうであるならば、大人しくお縄につくつもりだ。抵抗する気はない。

「やっぱり、気づいていないのかい」

老婆がマリーの手からコップを取り、代わりに手鏡を渡してきた。

「えっ……!?」

鏡を覗き込んで、マリーは大きく目を見開いた。

鏡面に映し出されていたのは間違いなくマリーの顔だったが、彼女が知るよりも五年以上も歳を経た姿だった。

どうして、それまで気がつかなかったのか……手足が伸びて、胸もふっくらとしている。

「あの小僧がアンタを連れてきた時、驚いたよ。よく似た別人かと思ったくらいさ」

「あの人……お兄さんが私を？」

「そうだねえ」

「……どうして？」

マリーには意味がわからなかった。自分には殺される理由はあっても、助けてもらう理由なんてないはず。

それに……どうして、身体が大きく成長しているのだろう。

ウータがやったのだろうが、理由がわからない。

「考えるだけ無駄だよ」

「お婆さん？」

「長く生きていると色んな奴と会うけれど……あの小僧はどうにも、普通の人間とは違う。『どうして』とか考えるだけ無駄だね」

老婆がため息を吐き、部屋の一角を指差した。

「アレって……ええっ⁉」

そこにあったものを見て、マリーが思わず声を上げる。

部屋の角に積まれているのは、大量の金銀の山だったのだ。

「小僧がギャングのアジトから持ってきたんだよ。アンタにやるってさ」

「わ、私に？」

「こんなにたくさん持ち切れないからって、袋一つ分だけ持って行ったけどね」

「………………」

ますます、意味がわからない。

自分には、ウータからお金を恵んでもらうような資格はないはずだと、マリーは困惑し続ける。

「だから、考えるだけ無駄なのさ……あの小僧はワシらとは違う視点で生きておる」

気まぐれで施しを与えて、気まぐれに奪う。

雨が降るのに理由はないように、あの少年の施しにも理由はないのだ。

「アンタは厄介な男に気に入られたってことだね……それで、これからどうするんだい？」

「どうするって……」

「この金があれば、なんだってできるだろう？　商売を始めることもできるし、どこか田舎で家を買ってのんびりと暮らすこともできるじゃろう……どうするつもりかね？」

「……使えないよ、そんな大金」

「じゃろうな。後ろ盾のない小娘がこれほどの財を持っていると知れば、善人の心にも悪魔が宿るじゃろう。骨までしゃぶられて終わりじゃろうて」

この莫大な金銀はマリーにとって爆弾でしかない。

いかに成長したとはいえ、マリーは貴族でも商人でもない孤児なのだ。

この金のことを知られれば、犯罪者や暴漢《ぼうかん》、スラムの者達が大挙して押し寄せ、暴力で金を奪うことだろう。

「金のことを隠して、小出しにして使う……それがもっとも賢い選択じゃろうなあ」

そう言ってホホッと老婆が笑った。

「どうせ持ち帰れぬじゃろうから、この金はアタシが預かってやろう。もちろん、対価として多少手を付けさせてもらうが……老い先の短い老人には使い切れる金額じゃない。根こそぎ奪ったりせぬから、安心することじゃな」

「………」

老婆の言葉に、マリーは考え込む。

この金があれば生活に困ることはないが、はたして、ウータの慈悲によって得た金を自分のために使っていいものだろうか？

「なに、金の使い道はじっくりと考えたらいい。人生は長いんじゃからな」

「………はい」

マリーは頷いて、ベッドのシーツを握りしめた。

やりたいことを聞かれたら、ウータに罪滅ぼしと恩返しがしたい。

(私は彼のためになにができるのかな？　なにをしたら、彼は喜んでくれるのかな？)

悩むマリーであったが……彼女はその後、社会奉仕と信仰に身を捧げることになる。

ウータから与えられた金を不自然にならないように貧しい人々に与え、孤児院や救貧院を設立した。

聖人のように多くの人間に慕われた彼女が信仰していた少年の正体が邪神であることは、ごく一部の人間だけが知っていることである。

第三章　魔族と使徒とビーフシチュー

勇者召喚をした三日後、ファーブニル王国の王城にて。

城の奥にある一室で、一人の老人がベッドに横になっていた。

「うう……腰が痛い……身体が重い……」

その老人の名前はアルハザード・ファーブニル。

今年で建国五百年となるファーブニル王国の二十代目の国王であり、ウータを含めた五人の高校生をこの世界に召喚した張本人である。

国王の年齢は四十五歳。徐々に身体に衰えが出てくる年齢だが……本来であれば、老人というほどではない。

だが国王は年齢よりもかなり老け込んでおり、今では立って歩くこともままならなくなっていた。

それというのも、国王はウータによって、三十年以上も老化させせられてしまったからだ。

今の国王の肉体年齢は七十代後半。医療技術が未発達なこの国において、ベッドから起き上がることもできず、苦痛と怨嗟《えんさ》の声を吐きながら生活しているのである。

「おのれ……小僧……おのれえ……！」

老いた身体から伝わってくる痛みに、国王は顔面を歪めた。

自分をこんな身体にしたウータのことを許せないのだ。

無職でありながら、自分を虚仮《こけ》にした少年が憎くて憎くて、仕方がない。

（だが……復讐は容易ではない。あの少年は得体の知れない力を持っている……！）

ウータは国王の目の前で、護衛の兵士を塵にしてみせた。

殺害を命じた兵士達も、同じようになっていたことは想像に難くない。

おまけに、空間魔法による干渉を封じている王の居室まで、平然と転移してきた。

無職だなんて、ありえない。なんらかの方法によってジョブを偽装していたに違いない。

国王はそう確信していた。

「おのれ……このままでは済まさぬぞ。済まさぬぞお……」

「国王陛下、失礼いたします」

部屋の扉が外側から叩かれる。

聞きなれた侍従《じじゅう》の声が扉越しに聞こえた。

「お客様が参られました。神殿の方々です」

「ッ……！　お通ししろ！」

国王が入室の許可を出すと、フード付きのローブを被った怪しい者達が、ゾロゾロと部屋に足を踏み入れる。

フードを深々と被った、年齢、性別不明の者達の人数は七人。

彼らは皆、白を基調としたローブを着ており、その背中には燃えさかる炎の紋様が飾られていた。

「ファーブニル王よ、お呼びと聞いて参上した」

先頭のローブの人物がベッド上の国王を見据えて、口を開いた。

「おお……よくぞお越しくださいました……！」

国王が痛む身体に鞭《むち》を打って上半身を起こし、頭を下げた。

ファーブニル王国の最高権力者である男が、へりくだるようにしてローブの人物に接している。

本来であればありえないことだ。

「ベッド上からの挨拶、失礼いたします。『火の神殿』の神官様方」

そのローブの人物達は『火の神殿』の神官だった。

『火の神殿』は六大神の一柱である『火神フレア』を祀《まつ》っている宗教で、ファーブニル王国を含めた人間種族の間で広く信仰されている。

神殿の権威は国家という枠組みを超えたものであり、一国の王でしかないファーブニル国王では太刀《たち》打ちできないほど大きかった。

「我らの手を借りたいとのことだが、いかなる要件だろうか？」

「この国は勇者召喚を行ったばかりのはず。なにか問題でも起こったか？」

「その容姿……以前、会った時よりも老けているな？　何事があったか仔細《しさい》を申してみよ」

神官達が口々に問う。

国王は勇者召喚が行われてから、現在に至るまでの経緯について説明した。

「つまり……その『花散ウータ』なる異物によってやられたというわけか」

一通りの話を聞いて、一人の神官がフードの下から怪訝な声を漏らす。

他の神官も続いて口を開く。

「人を塵に変えること……これは可能だ。土属性の応用。強力な石化の魔法であれば、そういった現象も起こるだろう」

「だが……結界を越えた転移。ジョブの偽装。人間を老化させるという異質な魔法はいただけぬ」

「時を操る魔法は神の御業《みわざ》。人ごときに使うことは許されぬもの」

神官達は互いに顔を見合わせて頷いた。

「異端である」

「異端である」

「異端である」

「異端である」

「異端である」

「異端である」

「殺さねばならぬ。滅さねばならぬ」

結論に達した神官の一人が、語気を強める。

「六大神の創りたもうた秩序を乱す者を許してはならぬ。断じて消さなければならない」

「…………！」

怒りの声を発する神官達に、国王は内心で喝采の声を上げた。

目の前にいる神官は『火の神殿』の最高戦力である『フレアの御手《フレア・フォース》』。

いずれもこの世界で最高峰の実力を持った魔法使いであり、城の兵士などとは比べものにならない存在だ。

すると、神官の一人が、今度は国王の方を向いて口を開く。

「魔王との戦い……六大神の遊技場に邪魔は許されぬ」

「その花散ウータなる者は我らが始末しよう」

「多少、おかしな力を使うだけのこと。偉大なる神フレアより加護を授かった我らの足元にも及ばぬ」

闘志を燃やす神官に、まとめ役の神官が頷いてみせた。

「然り……けれど全員で行くには及ばぬ。虫の駆除に全霊を尽くすなど、『フレアの御手《フレア・フォース》』の名が泣こう」

まとめ役の神官が部下のうち、三人を指差す。

「No．２『赤の火』。作戦の指揮を執《と》れ」

「御意」

胸に手を当てて了承を示したのは、大柄なローブの人物。

フードの下から聞こえてくる野太い声からして、男性であるとわかった。

男のコードネームは『赤の火』。

破壊と殺戮《さつりく》に特化したパワータイプの戦闘者である。

「No．４『緑の火』」

「はい」

続いて指名されたのは、細身の人物。

中性的な声音《こわね》であり、声と体格だけでは男性とも女性ともわからない。

コードネームは『緑の火』。

ウータが使用するであろう転移能力に、対抗できる力を有した魔法使いである。

「Ｎｏ．７『白の火』」

「………はい」

最後に指名されたのは高い声音を持つ、少女としか思えないような身体つきの人物。

無言で胸に手を当てており、暗いローブの下の顔が、どんな表情を浮かべているかは不明だった。

コードネームは『白の火』。

魔法無効化能力という、この世界でも非常にレアな力を有している。

「花散ウータなる異端者を狩ってこい。神の敵を許すな」

「「…………」」

まとめ役の神官に指示され、三人が部屋から姿を消した。

そんな神官達をベッドの上から見つつ、国王が唸る。

「ウ……ウウム」

圧倒的な戦力を有した『フレアの御手《フレア・フォース》』が三人。国王をベッドから起き上がれない身体にした少年がどれほどの力を持っていたとしても、確実に討ち取ることができるだろう。

けれど……国王の胸に不安がよぎった。

（本当にそうなのか？　七人、全員で出るべきではないのか……？）

『フレアの御手《フレア・フォース》』は『火の神殿』が誇る最高戦力。三人もそろえば、一軍を滅ぼすことすら可能である。

一人の人間を殺害するには十分すぎる戦力だ。むしろ、過剰とすら言える。

(それなのに……なんなのだ、この不安は……?)

焦燥《しょうそう》にも似た衝動が国王の胸を内側から引っかくが、それを口に出すことはできない。

一国を超える力を有した神官達に意見などできるわけがなかった。

「報酬はいつものように寄付金として払ってもらう。無論、構わないな?」

「…………もちろんです」

胸の奥の不安を押し隠し、国王は神官の言葉に頷いた。

◇　◇　◇

「さあ、行こうかな!」

一方その頃、王都から出発したウータは魔法都市オールデンを目指して、北に向かっていった。

雑貨屋の老婆から買った外套を羽織って、のんびりとした足取りで街道を歩いていく。

邪神の能力の一つとして転移の力を持っているウータであったが、行ったことがある場所か、さもなければある程度明確な指標がある場所でなければ転移はできない。

仕方なしに、街道を歩いて目的地に向かっていく。

だがこの世界は日本よりも、ずっと治安が悪い。

「ヒャッハアッ！　金目のものを寄こせえ！」

武器なし、護衛もなしに街道を歩いていれば、当然のように盗賊が出てくる。

「塵になれー」

「ギャッ……」

けれど、襲いかかってきた盗賊を、ウータは容赦なく塵状に分解する。

「命が惜しかったら荷物を……グオッ！」

「地面に伏せて両手を……ギャハッ！」

「坊や、怪我をしたくなかったらこっちに……ナアッ！」

「ガウガウ、ガウガウッ……ギャインッ！」

「いやあ、物騒だなあ。異世界は危険がいっぱいだね」

のんびりとした口調で言いながら、現れる盗賊や暴漢、ついでに大きな狼も塵にする。

盗賊だけではなく、魔物やモンスターと呼ばれるような怪物もまた、この世界には存在していた。

「僕は全然、大丈夫だけど……竜哉達は平気かな？」

気がかりなのは、城に置いてきた幼馴染の安否である。

彼らは勇者などの強力なジョブの力を得ているし、国王にも四人を大切にするように念押しをしている。簡単に死ぬことはないはずだ。

「まあ、みんな僕よりもずっと賢くてしっかりしてるから、心配無用か。ほいっと」

「ギャアアアアアアアアアアアアアアッ！」

そんなことを考えながら盗賊に触れて駆逐していき、途中で野宿をしながら七日ほど歩いた。


王都を出て八日目、テントを張ってキャンプをしようとするウータであったが、ふと街道の脇に小さな村を発見する。

「ああ、ちょうどいいや。小さな村でも宿屋くらいはあるよね？　今日はここに泊まろうか」

七日も続いたキャンプに、ウータは少し飽きてきていた。

ウータが入口に近づくと、そこにいた村人が、定番ともいえるセリフを口にする。

「トラビの村へようこそ！」

「あ、うん。よろしく」

ウータはモブキャラ全開の男に頼んで、宿屋の場所を教えてもらう。

こぢんまりとした宿屋に入って、受付で宿泊費を支払い、部屋に入って息を吐いた。

「フー、疲れたー」

ウータはベッドに「うでー」と横になって、手足を伸ばす。

「ハー、徒歩の旅もいいけど、脚が疲れるなあ」

その気になれば転移で世界中を移動できるウータだからこそ、徒歩での旅は新鮮だった。

少し筋肉痛ぎみのふくらはぎが逆に心地好い。

「オールデンまであと半分ってところかな？　順調順調」

ウータの旅は順調である。特にアクシデントもなく、ここまで来ることができた。

ちなみに、盗賊や魔物に遭遇《そうぐう》していることは、ウータの中ではアクシデントに入っていなかった。

「やっぱり、旅はいいなー。受付の人が夕食はビーフシチューだって言っていたし、楽しみだなあ………んんっ？」

ベッドでくつろいでいたウータであったが、ふと外から騒ぐ声が聞こえてきた。

ウータが怪訝に思いながら窓を開くと、村の人々が焦った様子で話している。

「外の森に出たんだって？」

「ああ、間違いねえ。山菜を採っていた娘達が攫われちまった！」

「どうするんだよ、助けに行くのか？」

「無理に決まってるだろ！　冒険者を雇わないと！」

「町に行って冒険者を雇ってくるまで、どれだけ時間がかかると思ってるんだよ！　誘拐されたのはウチの娘だぞ!」

「………?」

なにやら、物騒な会話が聞こえる。

気になったウータは転移を使い、外で騒いでいる村人の傍《そば》に移動した。

「すみませーん、なんの話をしているんですか?」

「うわあっ! ア、アンタ、いつからそこに!?」

急に声をかけられた村人が驚いて、跳びはねる。

「それはまあ、置いておくとして。それで……なにか事件でも起こったのかな?」

「あ、ああ……村の近くにある森にオークが出たんだよ」

「オークって……あのオーク?」

ウータの脳裏に、人間とイノシシを合わせたような生き物の姿が浮かぶ。

「おお、オークはオークだ。人間の女を攫っていやらしいことをして、その後で食い殺すオークだよ」

「あ、そういうタイプね」

ハード系の異世界ものでは、オークやゴブリンは性犯罪者のような存在であることが多い。この世界のオークもそうであるようだと、ウータは一人納得する。

「それは教育に悪いなー。それで、女の人が攫われちゃったの？」

「ああ……ウチの娘と友人がやられた。山菜採りをしていたところを捕まったらしい」

答えたのは、宿屋の主人である男性だった。

「村の近くであれば狼などの獣は出ないから、油断していた……どこからかオークが流れてきているなんて、最悪だ……！」

「ふーん、それは災難だねえ」

ウータが他人事のように言う。

実際に無関係な他人事なのだから、言葉に感情が入らないのも仕方がない。

「そういうわけで、俺はこれから村の連中と対策を話し合わなくちゃいけないんだ。悪いが、今日の夕食はなしということで」

「それは困る！」

ウータが叫んだ。

夕飯のビーフシチューを楽しみにしていたのだ。それなのに、お預けなんて酷すぎる。

「ええっと、夕飯がない分の泊まり賃は後で返すぞ。その辺でパンでも買ってくれば……」

「そういうことじゃない！　もうビーフシチューの気分になってるの！」

今さら、他の食事になんて考えられない。

ウータはビシリと宿屋の店主を指差して、宣言した。

「僕が娘さん達を助けてくるから、ビーフシチューを作って待ってて！　絶対だからね！」

「え……あ……？」

「シュワッチ！」

「消えた⁉」

困惑する店主をよそに、ウータは転移した。

宿屋の前から、村の頭上……すでに日が暮れて闇に包まれている夜空に。

電気の明かりのない世界は星も明るく、とにかく多い。

星空を背景にして空に立ち、ウータは村のすぐ近くにある森を見下ろした。

「あの森でいいんだよね？　それじゃあ……レッツゴー！」

ウータは森の中に座標を合わせて転移した。

余計な仕事を請け負ってしまったが……食事前の運動と思えば悪くない。

散歩に出かけるような気軽さで、オークが棲みつく森の中へと飛び込んでいった。

◇　　◇　　◇

夜の森は暗い。

日本のように街灯の明かりはなく、月や星の光は枝葉によって遮られて、一メートル先も見通せない。

「まあ、僕には関係ないんだけどね」

ウータはそんな森の中を平然と歩いていく。

木の幹にぶつかることはなく、根や土に足を取られることもない。

邪神なので夜目が利き、迷うことなく森の中を進むことができていた。

「気配からして……あっちかなー？」

森の奥に複数の気配を感じる。恐怖の感情、それと死の気配も。

「えっほ、えっほ」

急いだ方がよさそうだと感じたウータは、小走りになって、森の奥に向かう。

「ブホホホホッ！」

「いやあああああああああっ！」

「あ、見っけ」

開けた場所に出ると……そこには五匹の異形、そして、三人の女性の姿があった。

デップリとした巨体のなにか……シルエットだけならデブな人間だが、顔は完全にイノシシのそれである。

巨体の怪物が、村から攫ってきた女性達に酷いことをしていた。

あまりエッチな本や映像を見ないウータであったが、服を剥ぎ取られ、巨漢に組み伏されている女性達が、性的暴行に遭《あ》いそうになっていることくらい理解できる。

「うん、不愉快だねえ。見るに堪《た》えないってやつかな？」

その女性達のことは正直、どうでもいい。

だが、もしも自分の知り合いの女性達が——千花や美湖、和葉らが同じようなことをされたらと思うと、腹の奥がムカムカとしてくる。

「うん、殺そう」

「ブホ？」

「塵になーれ」

ウータはすぐに決断を下した。

女性を組み伏しているオークの身体に触れて、能力を発動させた。

すると、巨体の怪物が一瞬で塵になる。

「ブモオオオオオオオオオオッ！」

「ブホッ！　ブホッ！」

「うん、なにを言っているのかわからないね」

残されたオークが低い叫び声を上げて、ウータに襲いかかる。

地面に落ちていた丸太や石を掴んで、ウータめがけて投げつけた。

「わあ、危ないなあ」

ウータは飛んできた物を避けて、転移する。

別のオークの背後に回り込んで、身体にタッチして塵にする。

「えいっ。えいっ。えいっ。えいっ」

後はそれの繰り返しである。

次々とオークを塵にしていき、一分とかからずに全滅させた。

「はい、お仕事終わり。お姉さん達、大丈夫かな？」

「うう……」

「ひっぐ、ひっぐ……」

オークに弄ばれていた女性達はいずれも強いショックを受けており、泣き崩れていた。

会話が通じる状態ではない。どうしたものかと、ウータは腕を組んで唸った。

「どうしたらいいのかな？　このまま抱えていく？　それとも、村の人達をこっちに呼んできた方がいいのかな？」

考え込むウータであったが……直後、その頭部に巨大な丸太が振り下ろされた。

「ふぎゃ」

太い丸太がウータの頭部を粉砕し、脳漿《のうしょう》と血液が飛び散って……そのまま、ウータは間抜けなうめき声を上げて、丸太の下敷きになるようにして倒れてしまった。

「グフフフフッ！　よーくもワタ―シの子供達をコロしてくれましたネー？」

不意打ちを喰らわせた怪物が耳障《みみざわ》りな哄笑《こうしょう》を上げる。

森の中に隠れ潜んでウータが油断するのを待ち、背後から攻撃を叩き込んだのだ。

現れたのはオークだったが……他のオークと異なり赤い肌をしており、片言ではあるが人間の言葉を発していた。

「ヘイシには見えませんネー？　アナタはぼーけんしゃですか？　それとも、ゆーかんな村人ですかー？」

赤いオークが潰れたウータを見下ろして、ゲラゲラと哄笑する。

「ああ！　聞いても無駄でしたネー？　これはもう死体デーしたー！」

「誰が死体かな？　失礼だなあ」

「オウッ!?」

ウータがよっこらせと丸太をどかして、下から這い出してきた。

「マチガイなくコロしたはずでーす！　どうして生きてるネー!?」

「どうしてって言われても……ほら、僕だから」

驚く赤いオークに対し、ウータが惚《とぼ》けたように首を傾げる。

ウータは邪神であり、その肉体は驚異的な再生力を有している。

全身粉々にされたり、完全に焼却されたりしたのならばまだしも、頭部を砕かれた程度のダメージであれば再生することができる。

「しゃべれるんだね。君は人間なのかな？　それともオーク？」

「ウググ……ワターシは魔王軍の尖兵《せんぺい》、オークロードのジェニファーでーす！」

赤いオーク……ジェニファーは意外なほどあっさりと身元を明かす。

どうやらこれが国王が言っていた魔族らしいなと、ウータは理解した。

「魔族というのは、チエを持ってしゃべれるようになった魔物のソーショーなのでーす！　他の魔物は我らのシモベでーす！」

「あ、そうなんだ」

ジェニファーはウータが訊いてもいないのに、自分達について語り出した。

このジェニファーという魔族、意外と親切なのかもしれない。

「それで……ジェニファーさんだっけ？　君はここでなにをしているのかな？」

「ケンゾクのオークを増やして、この国を滅ぼすため、ニンゲンを襲わせていたんデース！」

「それは大変だねえ。よくわからないけど、そんな簡単に教えちゃってもいいのかな？」

「アナタはここでコロしまーす！　コロしてしまえばかんけーありませーん！」

ジェニファーが太い腕を振るい、ウータを殴りつける。

「どうやってイキカエッタかは知りませんが……もう一度、シニナサーイ！」

オークが何度も何度も、絶え間ない殴打をウータに浴びせかける。

巨体には似合わぬ機敏な動き。そして、見た目通りのパワーである。

その一打ごとに、ウータの身体から血が噴き出すが……

「オウオウオウオウオウオウオウオウオウオウッ！　ミンチになりなさーい！」

「乱暴だなあ、痛いからやめてよ」

「アーウチ!?」

一方的に殴られていたウータが力を発動させた。

ジェニファーの両腕の肘から先が塵となって消滅した。

「ナンデスカー!?　ナニヲしたんですかー!?」

「塵にしたんだよ。見てわからなかったかな？」

ウータがポケットからハンカチを取り出して、殴られた顔をゴシゴシと拭いた。

傷は治せるのだが、大きな豚にぶたれたのだから汚れている気がしたのだ。

一方で、両腕を失ったジェニファーが痛みに顔を歪めて絶叫する。

「イタイでーす！　リョウウデがなくなりましたー!?」

「その気になれば、今ので全身を塵にできたんだけど……聞きたいことがあるんだ」

「グベッ！」

ウータはジェニファーの腹部を蹴りつける。

中肉中背、決して筋肉質とはいえないウータの蹴りであったが……ジェニファーは膝を突いて、その場にうずくまった。

「僕の質問に答えてねー。嘘を吐いたら塵にしちゃうよ？」

「ヒイッ!?」

「君は魔族だって言っていたよね？　この国には他にも魔族が来ているのかな？」

国王の話によると……ファーブニル王国は魔族の国とは、直接国境は接していない。

他の国が間に入ってクッションになっていて、そこまで多くの被害が出ているわけではないという。

「い、いませーん。ワタシだけでーす……」

「嘘じゃないね？」

「ウ、ウソじゃないでーす！　それと、他の魔族のジョーホーも教えられていないでーす！」

「あっそ、それは残念」

城にいる幼馴染達のため、他にも魔族がいるのなら倒しておきたかったが……これ以上、してやれることはなさそうだ。

「まあ、みんなだったらどうにかなるかな？」

彼らも赤ん坊ではないのだ。勇者やら賢者やらのジョブの力もあるだろうし、自分に降りかかる火の粉は自分で払ってもらうとしようと、ウータは頷いた。

「それじゃあ、お話はこれで終わり。君の処遇だけど……」

「隙ありイイイイイイイイイイイヤアアアアアッ！」

「わあっ！」

ジェニファーが肘先のなくなった両腕をウータに向けた。

腕の断面の肉と骨がブクブクと気泡を発しながら膨れ上がり、そこから大量のオークが出現する。

「ワターシには魔力が続く限り、ムゲンにオークを召喚するノウリョクがあるのでーす！　そのままツブれなさーい！」

「「「「ブオオオオオオオオオオオオオオオオオオオオオオオオオオオオオオッ！」」」」

大勢のオークがウータめがけて殺到するが……しかし、一瞬で塵になった。

「うっわ、塵が口に入った……気持ち悪い……」

「オー⁉　なにが起こったデスカアアアアアアアアアアッ！」

「見ての通りだよ……あーあ、仕方がないなあ」

「オグッ……」

ウータがジェニファーの顔面を掴む。

醜悪な顔がさらに歪んで、恐怖の色に染まる。

「言い残すことは………いいや。どうせ遺言とか聞いても覚えられないからね」

「ま……」

「塵になれ」

ジェニファーが……魔族であるオークロードが塵となった。

魔族であろうと、オークを無限に生み出すことができようと、ウータの力の前では関係なかった。

力を発動させれば、一瞬で塵になる。

「魔族だからといって、特別、強いというわけでもないのかな？　これくらいなら竜哉とかでも倒せそうだね。安心したよ」

ウータは暢気《のんき》に言って、ジェニファーを名乗る魔族であった塵を踏んだ。

「それじゃ、帰ろうか……アレ？」

「「…………」」

オークに捕まっていた女性達の方を確認すると、三人ともそろって気を失っていた。

「刺激が強すぎて、気を失っちゃったのかな？　ま、いっか」

どうせ帰りは転移していくのだ。起きていようと眠っていようと、関係のないことである。

ウータは三人の身体に触れて、彼女達と一緒に村に向けて転移した。

◇　◇　◇

「ただいまー。ビーフシチューは出来ているかなー……ありゃ？」

転移で村の中央に戻ってきたウータであったが、目の前の光景に目を丸くする。

「えっと……コレはどういうことかな？」

村がなくなっていた。

火事でもあったのか、建物のほとんどが消失して灰と炭になっている。

村全体にうっすらと煙が漂っており、焼け焦げた臭いが鼻を突く。

「待っていたぞ、異端者」

「へ……？」

驚いて固まっているウータに何者かが声をかけてきた。

振り返ると、ウータの頭にナイフのような刃物が突き刺さる。

「あ……」

ウータが倒れ、次の瞬間、その身体が炎に包まれる。

松明《たいまつ》のようになったウータの死体を見下ろして、刺した加害者が嘲《あざけ》るように言葉を吐く。

「……この程度とはな。取るに足らぬことよ」

そこにいたのは白に炎の紋章が描かれたローブを身にまとった三人組だった。

炎に包まれているウータを見下ろして、その男……『火の神殿』の暗殺部隊『フレアの御手《フレア・フォース》』のNo．2である『赤の火』は鼻を鳴らす。

背後には『緑の火』、『白の火』の姿もあって、フードを目深《まぶか》に被ったまま立っている。

「こんな下賤《げせん》を相手に我らが出撃せねばならぬとは……ファーブニル王め、いいように使いおって」

「城の兵士を倒したとのことですが……大したことはなかったな。特筆すべき能力は転移くらいですかね？」

軽い口調で、『緑の火』が嘲笑う。

『赤の火』が頷き、侮蔑《ぶべつ》するように唇を歪める。

「その転移も『緑の火』の能力があれば恐れるに足りぬ。神敵が我が火で死ぬことができたのだ。汚れた魂を浄化してやったことに感謝してもらいたいところだな」

ウータを見下ろしながら、『フレアの御手《フレア・フォース》』の三人がほくそ笑む。

彼らはウータがこの村に立ち寄っていることを突き止め、村ごと焼き討ちにした。

ウータがオークに攫われた娘達を助けるために森に入ったと、村人から聞いていたので、待ち伏せしていたのだ。

村を焼いたことに深い理由はない。しいて挙げるのであれば、浄化のため。

一時的とはいえ神敵を滞在させた罰として、村ごと消えてもらったのだ。

「とにかく、任務は果たされた。神殿に帰還する」

「その前に、そっちの女達も焼いてしまっていいでしょう？」

『緑の火』が口元に笑みを湛《たた》えて、ウータと一緒に転移してきた女達を見やる。

彼女達は気を失っており、自分達の村と家族が残らず焼かれたことに気づいていない。

「女は燃える瞬間がもっとも美しい。その女達も綺麗な炎にしてしまいましょう」

「勝手にせよ」

指揮官である『赤の火』がどうでもよさそうに吐き捨てる。

「魔物に汚された女に生きている価値などあるまい。慈悲をもって焼いてやれ」

「御意」

上司の同意を得て、『緑の火』がニタリと笑った。

「これは慈悲だ。だから恨むんじゃない……神に感謝しなよ」

『緑の火』が手を掲げて、魔法を発動させようとする。

だが……その手に宿った炎が放たれるよりも先に、ポツリと静かな声が響く。

「うん、わからないね」

「なっ……！」

『緑の火』が飛びのいた。

他の『フレアの御手《フレア・フォース》』の二人も警戒をあらわにする。

「わからないよ。全然、ちっともわからない」

頭部を刺され、身体を燃やされたはずのウータが起き上がる。

炭化しかけていた身体が逆回しのように戻っていく。

頭部に刺さっていたナイフが抜けて、地面に落ちる。

「わからないよ……君達はどうしてこんなことをしたのかな？」

『赤の火』がウータを睨みつける。

「……どうして、生きている。確かに殺したはずだ」

「質問に質問で返すのはよくないよ。君達はパパとママからそんなことも習わなかったのかな？」

ウータが首を傾げる。

挑発しているわけではない。心からの疑問なのだ。

「どうしたら、こんなに酷いことができるのかな？　いったい、なんの恨みがあるって言うんだい？」

「……この村人共のことか」

『赤の火』が両手にナイフを構えて、背後の部下二人に目配せをする。

二人は無言で首肯して、戦闘態勢を取った。

「この村の人間は貴様という神敵の滞在を許し、匿《かくま》ったのだ。殺されても仕方があるまい」

「そんなことは聞いていないよ」

ウータが顔をしかめて、焼け落ちた建物の一つ……自分が宿泊する予定の宿屋であったものの残骸を指差した。

「今晩の夕飯はビーフシチューだったんだよ！　どうして、ビーフシチューに対してこんな酷いことができるんだ⁉」

「は……？」

「君達のおかげでビーフシチューを食べられなくなったぞ！」

珍しく怒りを表に出すウータであったが……問い詰められた『フレアの御手《フレア・フォース》』の三人はなにを言っているのかわからないという顔をしている。

てっきり、無関係な村人を虐殺したことを責められているのだと思っていた。

けれど、ウータが腹を立てているのは、あくまでも夕食のビーフシチューを食べられなくなったこと。村人が残らず殺されてしまったことなど、意にも介していなかった。

「……俺達もイカレているが、コイツは頭のネジが外れてやがるな」

「………」

『緑の火』がつぶやく。

隣にいる『白の火』は無言だったが、フードの奥で顔を引きつらせている。

「……神敵にまともな感性を期待する方が無理だったようだな」

『赤の火』が自分のやったことを棚に上げて、汚物を見るような顔をする。

「こいつを仕留め損なったファーブニル王を責められんな……この男は全力で殺すべき標的だ。生かしておくことはできない世界の害悪だ」

「いや、そんなことはどうでもいいから、ビーフシチューを……」

「やれ」

ウータが三人に向けて反論しようとした時、『赤の火』が合図を出した。

直後、ウータの背後で緑色の炎が弾けた。

「うわあっ！」

ウータが前方に吹き飛ばされる。

前のめりになったウータへと、『赤の火』がナイフで斬撃を放つ。

「フンッ！」

「もう……何度も刺されるのは嫌だよ」

ウータが転移の力を使い、十メートルほど離れた場所まで、一瞬で移動する。

「先端恐怖症になっちゃうからね。そんなに何度も刺されたら……」

再び、ウータが緑色の炎に包まれる。

「って……わあああああああああああああっ」

なにもない場所から炎が出てきて、回避する暇もなくウータを焼いていく。

これが『緑の火』の能力……『転移の炎』である。

『緑の火』は空間魔法に長けた魔法使いであり、炎を相手の傍に転移させることができる。

おまけに、空間の揺らぎを感知することで、ウータがどこに転移するのかを察知することも可能だ。

「うー……熱いなあ、なんでこんな酷いことをするのかな？」

緑の炎で焼かれたウータがわずかに顔をしかめる。

火傷の傷痕も焦げた服すらも元通りになるが、痛いものは痛いし、熱いものは熱いのだ。

「こういう酷いことをする人にはお仕置きしなくちゃね」

ウータは転移して、『緑の火』の背後に移動する。

肩に触れて塵に変えようとするが、『緑の火』もまた転移して消えた。

「ありゃ？」

「隙ありだ。愚か者め」

「わあああああああああああっ」

『赤の火』がその言葉と共に炎を放ち、今度は真っ赤な炎がウータを襲う。

それは全身を焼いて、ウータの身体を端から炭化させていく。

「今度は治癒する暇など与えん！　このまま死ぬまで焼き尽くす！」

『赤の火』の能力は純粋な高火力。絶対的な破壊の炎。

単純に攻撃力が並外れて高く、この世界においてもっとも硬い金属であるミスリルすらも融解《ゆうかい》させることができるほどの熱量の火を操ることができた。

その炎の前では、一人の人間など木屑《きくず》も同じ。

一秒と耐えることができずに、絶命させることができるはずだった。

「うっわー。熱い、これは熱い。まるでサウナみたいだー」

けれど、ウータは炎に焼かれながらも、いっこうに死ぬ様子はない。

多少は効いているらしく焦った口調になっているのだが、身体が焼ける速度を治癒の速度が上回っていた。

「これはキツイなあ。水風呂に入りたい気分だよー」

「何故、死なぬ……この小僧……！」

「うーん……わりと強いなあ。これは本腰を入れなくちゃヤバいかな？」

ウータは赤い炎に焼かれながら、「よし！」と軽く気合を入れた。

「どうして襲われているのかわからないけど……ビーフシチューの仇討《かたき》ちだ！　ちょっとだけ本気を出しちゃうぞ！」

あくまでも軽い態度で宣言して、ウータは目の前にいる三人を敵として認定した。

「来るぞ！　皆、警戒をしろ！」

本気宣言をしたウータに、『赤の火』が部下に向かって叫ぶ。

「とぼけているが……この小僧は強い。決して油断するなよ！」

『赤の火』は身構えつつ、自分が放った炎に焼かれているウータを睨みつける。

『フレアの御手《フレア・フォース》』のメンバーの中でも、『赤の火』は攻撃力に特化している。

その炎をこれだけ浴びて、生きていることなどありえない。ウータは十分に警戒に値する敵だった。

「だが、所詮は人間。神の力を与えられた我らには及ばぬ！」

確信を込めて、『赤の火』が断言する。

いくら強かったとしても、ウータの力には限界があるはず。

神ではない人間が、無限の治癒力を持つことができるわけがない。

延々と、ひたすらに殺し続けていれば、いずれは必ず魔力が尽きて死ぬに決まっている。

「なれば、我らは貴様が力尽きるまで殺し続けるのみ！　生き返り方を忘れるまで炎に焼かれるがいい！」

「サブリーダー、後ろだ！」

『緑の火』が叫んだ。

『赤の火』が咄嗟《とっさ》に前に跳ぶと、先ほどまで自分がいた場所にウータが出現する。

「遅いわ！」

『赤の火』が再び炎を放つ。

しかし、その時にはウータは転移していた。

「今度はそっちだ！」

『緑の火』が叫んで、少し離れた場所を指差した。

予想通り、そこにウータが出現する。

「ッ……！」

『赤の火』が炎を繰り出そうとするが、またしてもウータが消える。

別の場所に現れるが……秒とかからず、また転移した。

「そっち……いや、あっち。こっち、そっち、あっち、どっち、こっちあっちあっちあっちあっち……あもう！　何度転移しやがるんだ⁉」

『緑の火』が正確にウータの転移先を予測するが、ウータは同じ場所に一秒たりとも留まらずに、別の場所に転移してしまう。

あっちだこっちだと何度も何度も指差しをするが、徐々にその動きが遅れてくる。

「ふざけるなよ……どうして、こんなに転移魔法を使えるんだ……！」

『緑の火』が歯噛みして、フードの奥で表情を歪める。

本来であれば、転移などの空間魔法は魔力の消耗《しょうもう》が激しい高等技術である。

第一人者だと自負する『緑の火』でさえ、日に何度も使えば、回復に時間を要するというのに、ウータは何十回も連続して使用していた。

「ありえない……このガキが俺よりも空間魔法を極めているっていうのかよ！」

それは『緑の火』のプライドを粉々にする事実だった。

神敵と認定した人間に得意分野で劣っているなど、到底受け入れられることではない。

そうして転移を繰り返していくうちに、やがてウータの速度が『緑の火』の知覚を超えた。

「ッ……！」

「つかまえた」

『緑の火』が首根っこを掴まれる。

ウータが力を発動すれば、一瞬で『緑の火』の肉体は塵となってしまう。

「《純白なる浄化の火《イノセント・ファイア》》」

しかし、ウータが力を使うよりも先に、周囲に真っ白な炎が広がった。

短い杖を構えて魔法を発動させたのは、これまで戦いに加わることなく後ろで控えていた小柄な人物……『白の火』である。

純白の炎は『白の火』を中心にサークル上に広がっており、まるで世界を洗い清めようとしているかのようだった。

「私の炎はあらゆる魔法を否定する」

『白の火』が朗々《ろうろう》と語る。その声は高く、鈴の音が鳴るようだった。

「汚れよ消えよ。魔よ払われよ。我が無垢《むく》なる火の間に清浄なる姿を……」

「えいっ」

「見せたま…………………へ？」

『緑の火』が塵になった。

悲鳴を上げる暇さえ与えられることなく、あっけないほどあっさりと絶命する。

ウータも『緑の火』も白の炎で彩られたサークルの中にいる。

魔法の効果は封殺される……そのはずなのに。

「『白の火』！　なにをしている⁉」

「へ……あ……嘘っ⁉」

『赤の火』の怒鳴り声を受けて、『白の火』があからさまに動揺する。

「わ、私はちゃんと力を発動させていた！　ありえない、こんなことありえない！　私の《純白なる浄化の火《イノセント・ファイア》》はリーダーの魔法だって消すことができるのに……！」

「チッ……！」

言い訳を口にする『白の火』に『赤の火』は舌打ちをする。

空間魔法対策として連れてきた『緑の火』が死んだ。

あらゆる魔法を無効化できるはずの『白の火』は役に立たない。

「クッ……こうなったら、仕方がない……！」

ウータの力が自分達よりも勝っているという事実を受け止めて、『赤の火』は素早く決断した。

「そこで足止めをしていろ！　一秒でも長く時間を稼ぐのだ！」

「ええっ⁉」

驚いて呆然としている部下を放置して、自分だけ逃走した。


「あの小僧……いったい、何者なのだ⁉」

ウータから逃走した『赤の火』は、そのまま森の中に飛び込んだ。

木々に身を隠して逃げれば、ウータの転移をやり過ごすことができるはず。

部下の『白の火』を置いてきたことに罪悪感はない。

今回の作戦のリーダーは自分であり、部下が上司の生存のために犠牲《ぎせい》になるのは当然のことだからだ。

「覚えていろよ……神敵め、このままでは済まさぬぞ……！」

森の中を猛スピードで駆けながら、『赤の火』が唸る。

彼ら『フレアの御手《フレア・フォース》』は『火の神殿』が誇る最高戦力だ。

これまで、神敵として認定されたあらゆるものを地上から消してきた無敵の部隊である。

事実、『赤の火』が入隊してから今日に至るまで、任務を失敗したことはない。

かつての先任者は、先代の魔王と勇者には煮え湯を飲まされたそうだが……それはもう何百年も昔のこと。

今の自分達であれば、覚醒した勇者にだって敗北することはないと考えていた。

（それなのに……あんな小僧一人に敗走を強いられるとは……！）

あの男……ウータは怪物だ。強過ぎる。

『赤の火』の破壊の炎を浴びながら平然としている耐久力と治癒力。

『緑の火』の空間魔法を上回るレベルでの転移魔法の連続使用。

『白の火』の純白な炎の中にありながら、魔法が無効化されないという異常事態。

どれか一つをとっても脅威だというのに……もはや、一人の人間が所有していい力ではなかった。

「伝えなければ……このことを我が神に伝えなくては……！」

これまで戦ってきた神敵とは明らかに異なる。

花散ウータは魔王すら淩《しの》ぐ、人類の敵に違いない。

「誰になにを伝えるって言ったのかな？　もう一度、言ってもらえるかい？」

「なっ……！」

森を駆けていく『赤の火』であったが……前方にある木の切り株に、一人の少年が腰かけているのを見て、彼の背筋にブワリと汗が噴き出す。

いつの間にか、ウータが回り込んでいたのだ。

(まさか……いや、転移魔法であれば不可能ではないが……!)

だが……『赤の火』とて、森の中を直進してきたわけではない。

木々の間を縫《ぬ》って、ジグザグに逃げてきた。

転移魔法を使ったとしても、先回りなんてできるわけがなかった。

「君はさ、殺し過ぎたんだよ。あの村で」

ウータが立ち止まった『赤の火』を笑顔で出迎える。

「君の身体には『死』の臭いがこびりついている。それじゃあ、十キロ離れた場所からだって居場所を感知できちゃうよ?」

「死の……臭い……?」

『赤の火』が呆然とつぶやく。

確かに、その身体には灰と煙の臭いがこびりついている。

しかし、そんなものを頼りに転移してくるだなんて、ありえないことだった。

「……私を殺すのか、小僧」

「そうだね。ビーフシチューの仇だから」

「……ビーフシチュー?」

そういえば、ウータはそんなことを言っていた。

まさか、冗談ではなく本気だったのか。

そんな理由で、神殿の最高戦力である自分達と戦っていたというのか。

「……ビーフシチューくらい奢ってやる。いくらでもな」

「ん？」

「隣国に大陸一ともいわれるレストランがある。そこのビーフシチューを好きなだけ食わせてやる。それで手打ちでどうだ？」

「え、マジで」

ウータは瞳を輝かせた。

ウータが目の色を変えたのを見て、『赤の火』は内心でほくそ笑む。

「貴殿の転移魔法を駆使すれば、三日とかからずたどり着くことができるだろう。そこで腹いっぱいビーフシチューを……」

「三日？　じゃあ、いいや」

「へあっ」

「僕は今日、ビーフシチューを食べたかったんだ。三日も我慢するなんてやーだよ」

ウータが瞬く間に『赤の火』の眼前に転移して、胸にタッチした。

『赤の火』がフードの中で大きく目を見開いて……そのまま塵になる。

「あーあ……ビーフシチュー、食べたかったなー」

ウータは不満そうに言って、「グー」と空腹を訴えてくる腹を撫でた。


「ハア……私、なにしてるんだろ……」

時を遡《さかのぼ》り、ウータが村から転移して、『赤の火』を追いかけていった頃。

惨劇《さんげき》の跡が色濃く残っている村の中、一人の少女が膝を抱えて座っていた。

服が汚れるのも構わず、地面に座り込んでいるのはローブに身を包んだ少女、『フレアの御手《フレア・フォース》』のNo．7である『白の火』だった。

『白の火』は普段は目深にかぶっているフードを外しており、絹のような純白の髪と赤い瞳をさらしている。

「私、なにしてるんだろ……」

もう一度、誰にともなくつぶやく。

ウータは『白の火』を殺さなかった。

だが、見逃されたというわけではなく、優先順位を後に回されただけだと、簡単に想像がついた。

逃げるのであれば今なのだろうが……そんな気にもなれなかった。

『白の火』……彼女の本名はステラという。

神殿に飼われている奴隷《どれい》の両親の間に生まれた卑しい身分の子供であり、年齢は今年で十六歳。

魔法無効化能力という稀有《けう》な才能が見つからなければ、今頃は両親と同じようにドブや煙突の掃除をさせられていたことだろう。

ステラの髪は白、瞳は赤。アルビノと呼ばれる容姿の持ち主である。

両親とも異なる髪と瞳の色をしていたため、二人からは随分と煙たがられていた。

父親からは我が子として認められず、母親からも家族の仲に不和を生み出したとして冷遇されて、ネグレクトに近い扱いを受けてていた。

そんなステラは、魔法無効化能力が認められて『フレアの御手《フレア・フォース》』に選ばれた時、これで辛い生活からおさらばできると小躍りして喜んだ。

両親から虐待まがいの扱いを受ける日々、誰もが嫌がるような奴隷の仕事から抜け出すことができる……そんなふうに思った。

嬉しかった。誇らしかった。

下賤な自分に、神が手を差し伸べてくれた……そう感じていたが、蓋を開けてみれば、『フレアの御手《フレア・フォース》』の仕事もまた汚れ仕事だった。

神殿にとって邪魔になる人間を殺す仕事。

自分の手を血で汚して、汚れた手を血で洗うような日々。

ステラが『フレアの御手《フレア・フォース》』に入って最初に命じられたのは、背信者である裏切り者の拷問だった。

仕事に就いて、すぐに自分に向いていないとわかった。

それでも、一度その仕事に就いたら抜け出すことはできなかった。

もしも辞めたいなどと言おうものなら、口封じのために殺される恐れがある。

やりたくなかった。人を傷つけたくなんてなかった。

それでも、生きるために嫌な仕事をやるしかなかった。

毎日のように涙を流し、仕事の後は決まって吐瀉物《としゃぶつ》を撒き散らし、それでも『フレアの御手《フレア・フォース》』の一員として働いてきた。

「その結果がこれですか……」

よくわからない敵に、よくわからないやり方で殺される。

これが辛い仕事を頑張って耐えてきた結果だというのだろうか。

「……最悪、です」

「なにが最悪なのかな？」

ステラが顔を上げると、そこにウータがいた。

「……戻ってきたんですね。あの人はどうなりましたか？」

「塵になったよ。さっきの緑色の人と一緒だね」

ウータは人を殺してきたようには見えない、穏やかな笑顔で立っている。

「……あとは私一人ですね」

「そうだねー」

「それじゃあ……どうぞ」

「うん？」

「抵抗はしません。好きなようにしてください」

ステラはすでに覚悟を決めていた。

多くの人の命を奪ってきたのだ、自分の順番がやってきただけ。

自分の分が回ってきて抵抗するだなんて、これまで傷つけてきた人達に申し訳なかった。

「あーあ……結局、夕飯は食べそびれちゃったなー。今日も携帯食料かー」

「え……？」

ウータがガッカリしたように言いながら、どこかに歩いていく。

座り込んでいるステラを放置して。

「あ、あのっ！」

「うん？」

「こ、殺さないんですか……私のこと……？」

自分でも間抜けな質問をしていると思う。

わざわざ虎の尾を踏みに行くだなんて、どうかしている。

「えっと……なんで？」

「なんでって……」

「なんで、僕が君のことを殺さなくちゃいけないの？」

ウータが不思議そうに、眉をハの字にする。

「君、なにもしてないよね？　別に殺す理由とかなくないかな？」

「わ、私はあなたの敵ですけど……」

「そうなの？　なにか白い火を出していただけで、特になにかされた覚えはないけど？」

ステラの白い火には魔法を無効化する効果がある。

しかし、その力はウータには効かない。

ウータからしてみれば、ステラはなんの害もない白い炎を出してきただけの手品師のようなものである。

「でも……私、この村の人達を……」

「殺してないよね？　別に」

「え……？」

「君からは死の匂いがしないよー。この村の人達、誰も殺してないよねー」

そう……ステラは殺していない。この村の人間を焼いたのは『赤の火』と『緑の火』であって、ステラはなにもしていなかった。

「で、でも、私はこれまでたくさんの人を……」

「いや、それはどうでもいいかな」

「ど、どうでもいい？」

「君がどこで誰を殺そうが知ったことじゃないよ。ビーフシチューを殺してないのなら関係ない」

「ビーフシチュー……」

「あーあ、ビーフシチュー食べたかったなー」

ウータは苛立った様子で「うがー！」と叫んだ。

村が焼け落ちていることも、村人の大部分が殺されていることも。

『フレアの御手《フレア・フォース》』がどうして、自分を狙っていたのかどうかすらも、どうでもいい。

最初から最後まで、ウータの頭の中にはビーフシチューのことしかなかったのである。

「ビーフシチューでしたら……私、作れますけど……」

ステラがポロリと言葉を発した。

ウータが弾かれたように顔を上げて、振り返る。

「ホント⁉　作れるの⁉」

「は、はひっ！」

詰め寄られて、ステラがビクリと肩を跳ねさせる。

「わ、私は料理とか野営の準備とか雑用を任されていましたから。アイテムバッグに材料もありますし、時間を貰えたら……」

「やった、嬉しいよ！」

「ええ……」

ウータがステラの両手を掴んで、バンザイをする。

「作って！　作って作って！　ビーフシチュー、ビーフシチュー！」

「わ、わかりました……少々、お待ちください」

「やったー！」

子供のように喜んでいるウータに、ステラは不思議と心が軽くなるのを感じた。

一時間後、ウータはビーフシチューにありつくことができて、遅い夕食を笑顔で頬張《ほおば》るのであった。

第四章　賢者の町に着いたよ

無事にビーフシチューにありついて旅を再開させるウータ。

村のことは気の毒ではあるものの、ウータにしてみれば他人事である。

そもそも、村が襲われたのはウータがそこに滞在していたためなのだが、だからといって、責任を感じたりはしない。責任を負うべきは加害者であり、ウータではないからだ。

皮肉にもオークに拉致《らち》されていたおかげで生き残った村娘を近隣の村に届け、魔法都市オールデンに向けて旅立っていった。


「〜〜〜〜♪」


ご機嫌な様子で歩くウータ。

いつになく機嫌がいいのは、夕食、朝食と続けて美味しいご飯を食べたからである。

ウキウキと弾むような足取りで街道を歩いていくウータの後ろには、おずおずと身体を縮めて続いている少女の姿があった。

「あ、あのう……本当に、私もついていってもいいんですか？」

「え？　ダメなのかな？」

「ダメじゃないですけど……」

微妙な顔で首を傾げたのは、村でウータを殺そうとした『フレアの御手《フレア・フォース》』の生き残り……『白の火』ことステラである。

ステラはビーフシチューを作ったことでウータに気に入られていた。

「だって、行くところがないんでしょ？　帰ったら殺されるって言ってたじゃん」

「そうですけど……」

ステラは表情を曇らせた。

ウータ殺害を命じられているステラであったが、すでに任務は失敗している。

上官である『赤の火』も殉職《じゅんしょく》しており、仮に神殿に戻ったとしても、敗北の責任を取らされて始末される。

「『フレアの御手《フレア・フォース》』は女神フレアの加護を受けた最強部隊。決して、敗北は許されません。負けて逃げ帰ったとなれば、存在ごと処分されて敗北した事実をなかったことにされるに違いありません」

そうやって敗戦の責任を取って死んでいった同僚を、ステラは知っている。

先代の『白の火』もまた、任務失敗によって殺されているのだ。

「だったら、僕についてきたらいいんじゃない？　このままオールデンまでついておいで」

「………………」

ウータの言葉に、ステラが迷う。

その提案はありがたい。ありがたいが……命を狙った手前、素直に頷くのが後ろめたかった。

「ビーフシチュー以外にも色々と作れるんだよね？　今日はオムライスが食べたいなー」

「……それが理由ですか」

ウータは別に仏心からステラを連れ歩いているわけではない。

完全な打算というか、彼女が作ったビーフシチューが美味しかったので食事係として連れて行こうとしているだけだ。

「……そういうことなら、わかりました。オムライスだったら材料もありますからいいですよ」

「やったあ！　ステラ、大好き！」

「……そうですか、大好きですか……とても嬉しいですよ」

無邪気に笑っているウータに、ステラは諦めたように苦笑いをした。

その日のオムライスはやはり絶品だった。

ウータはますますステラのことを気に入って、元の世界に戻るまで旅に同行させようと一方的に決めたのであった。

◇　◇　◇

数日後、ウータとステラは魔法都市オールデンに到着した。

高くぶ厚い城壁が都市を取り囲んでおり、城門の前には人々が列をなして並んでいる。

「ここがオールデンです。かつて勇者と共に魔王を倒して世界を救った賢者が治める都市で、大陸でも最先端の技術が集《つど》っています」

城門前にできている人の列を指差して、ステラが説明する。

「見てください、あの城門を。白いアーチがあるのがわかるでしょう？」

「あるね。なにかな、あれは？」

「あのアーチをくぐるだけで、その人間の犯罪歴などを見抜くことができるんです。おかげで、憲兵の審査にかかる時間が大幅に縮小されています」

城門前に並んでいる人々がアーチをくぐり、次々と都市の中に入っていく。

時折、アーチが赤く光ると、控えていた兵士がアーチをくぐった人間を拘束している。

「殺人や窃盗、強姦《ごうかん》などの犯罪をしたことがある人間が通ると、ああして赤く光るんです。すぐさま兵士に捕まってしまいます」

「えー……それって、僕も通れないんじゃないの？」

ウータが唇を尖らせた。

面白そうだからくぐってみたかったのだが、捕まるのは困る。

「私もおそらく、ダメですね。どうにかあのアーチをくぐることなく、オールデンに入らなくてはいけません」

「あ。それじゃあ、転移で入ろっか」

「それも無理ですよ。都市の上を見てください」

「上？」

ウータが言われたとおりに見上げると、城門から半透明の膜《まく》がドーム状に出ており、都市を囲っているのが見えた。

「アレは空間魔法を阻害《そがい》する結界です。転移で都市の内部に入ろうとすれば、強烈な電撃を喰らうことになってしまいます」

「鹿よけの罠みたいだね。おっかないなあ」

言葉とは裏腹に、ウータが面白そうに笑う。

「まあ、それはそうとして……転移！」

「え？」

ウータがステラの手を掴んで、転移した。

城壁と結界を通り抜けて、あっさりと都の内部に侵入する。

「ええっ⁉　どうして⁉」

ありえない事態にステラが騒ぐ。

空間魔法を阻害する結界を越えて転移するなど、誰にも不可能なはず。

「ほら、ひょいって」

軽い口調でそう告げるウータに、ステラは声を荒らげる。

「ひょいじゃ説明になってませんよ！　どうやって結界を越えたんですか⁉」

「どうしてって言われてもなー。ほら、僕だから」

「だから説明になってないですって！　本当にムチャクチャですね……」

もう、深く考えない方がいいのかもしれない、ウータは本当に規格外の存在なのだ。ステラはそう自分に言い聞かせた。

そんなステラに構わず、ウータが続ける。

「町の中に入ったのはいいけど、これからどうしたらいいのかな？」

「確か、賢者様に会いたいんですよね？　だったら、『賢者の塔』に行くしかないんじゃないですか？」

ウータはステラに大賢者ユキナに会おうとしていることを伝えていた。

『賢者の塔』ってなにかな？」

「この都市の中央にある、大勢の魔法使いが集まって様々な研究をしている建物ですよ。ここは国からも半分独立した都市ですから、『塔』が実質的な行政機関でもあります」

「へえ、そんな場所があるんだね。それじゃあ、そこに行ってみようか」

「いきなりですか!?　賢者様は『塔』で一番偉い方ですからね。急に行って、会ってくれるわけありませんよ！」

「ム……」

言われてみれば、その通りである。

この世界において、ウータはなんの実績も地位もない一般人。

一つの都市のトップに会わせろと言ったとして、アポイントメントが取れるわけがない。

「確かに、そうだよね。和葉からも目上の人には礼儀正しくしなさいって言われてるし……いきなり『塔』に乗り込むのは失礼かな？」

ウータは細かいことを気にしない大雑把《おおざっぱ》な性格のため、学校の教員などにはよく叱られていた。

そのたびに、華道の家元の娘である幼馴染の和葉からもお説教を受けている。

「和葉に怒られるのは嫌だなあ。普段から大人しいぶんだけ、お説教する時はすごい怖いんだよね……それじゃあ、その賢者さんに会うためにはどうしたらいいのかな？」

ステラはウータの口から出てきた知らない人間の名前には特に触れず、訊かれたことに答える。

「普通の人じゃ、会ってもらえないと思います……例えば、『塔』の魔法使いに有益な品物を手に入れて、それと引き換えに賢者様への面会を願い出るというのはどうでしょうか？」

「ああ、なるほど。お土産を用意するってことね。それはいいね」

ウータは明るい表情でステラに同意する。

「珍しい魔物の素材などはいかがでしょう？　魔物の皮や牙は魔術の研究に欠かせないものです。きっと、気に入ってくれると思いますけど」

「じゃあ、それでいこう。やっぱりステラを連れてきてよかったよ。ありがとう」

「……どういたしまして」

褒められたステラは微妙な表情をしている。

奴隷の両親から生まれて、汚れ役である殺し屋集団のメンバーになって……誰かから真っすぐに感謝の言葉を受けたのは生まれて初めてかもしれない。

（初めて『ありがとう』って言ってくれた人が、私が殺そうとしていた人だなんて……）

「それじゃあ、とりあえず今日は宿でも探そっか。もうじきに日が暮れちゃうよ？」

「……はい、行きましょう」

ステラは頷いた。

（どうせ、私にはもう帰る場所はないんです。このまま、彼の行く末を見守りましょう……）

まるで神の信仰に殉じる神官のように、ステラは決意を固めた。


ウータとステラはオールデンにあった宿屋に部屋を取った。

国王からせしめた資金は十分に残っているので、できるだけいい部屋を借りる。

広々とした部屋には雰囲気を損なわないデザインの木製のテーブルや衣装タンスが置かれており、
そして……大きめのベッドが一つだけあった。

「あれ？　ひょっとして、間違えちゃった？」

フカフカのベッドを見下ろして、ウータは腕を組んで首を傾げる。

受付には間違いなく「二人で泊まる」と言った。宿泊料金だって人数分を払った。

それなのに……どうして、この部屋にはベッドが一つしかないのだろう。

「僕の間違い？　それとも、宿屋の人のミスなのかな？」

「い、いえ……ここはそういう部屋なんだと思います」

ステラが控えめに言う。

部屋に一つしかないベッドのサイズは大きく、二人の人間が余裕で寝られる広さがあった。

要するに、ウータとステラはいわゆる男女の関係であると、宿屋の店主に見なされたのである。

「フーン？　そうなんだ。よくわからないけど、ここで二人で寝たらいいのかな？」

「えっと……不快であるようなら、私は床で寝ます。慣れているので大丈夫ですけど……」

「え？　ベッドで寝たらいいんじゃない？　僕もそうするし」

「そ、そうですか。一緒にですか……」

ステラが何故か顔を伏せた。

心なしか、その顔が赤く染まっている。

「………？」

そんなステラの態度にウータは首を傾げた。

ウータは女性と宿屋に宿泊するということの意味を理解していない。

保健の授業で性行為についての知識は頭に入れていたが、絶望的に恋愛知識がないのだ。

「……この部屋には浴室も備えつけられているようですけど。よければ、先に入ってきてください」

「あ、入る入る。お風呂、入りたかったんだー」

ウータが笑顔で挙手をした。

ステラの同行によって食事は充実しているが、旅の道中では入浴することができず、川の水で身体を洗うくらいしかできていなかった。

「おお、本当にお風呂がある。水道とかガスとか通っているのかな？」

寝室にステラを残して、ウータは浴室に入った。

ウータは知らないことだが、この世界では電力やガスはエネルギーとして利用されていない。

『魔石』という魔力資源が使われており、魔法都市であるオールデンは王都にも勝る最先端の魔法技術が生活に根づいているのだ。

ウータはポンポンと小気味よく服を脱いでいき、シャワーの魔道具で身体を洗う。

「はふー……気持ちいい……」

汗が、汚れが、肌から流れ落ちていく。

ほどよい温度のお湯が身体をポカポカと温めて、血の巡りがよくなっていくのを感じる。

浴室にはボディーソープやシャンプーまで置かれていた。

ウータはバスチェアに座って、ボディーソープをたっぷりとスポンジにつけて身体を磨く。

「うんうん、えらく便利だね。これは誰が作っているのかな？」

「……それは賢者様が錬金術で開発されたものだと聞いています」

「ふえ？」

浴室に響く女性の声にウータが顔を上げる。

目の前にある鏡、ウータの姿が映し出されたその後方に……女性の裸身が現れた。

「ステラ？」

「……し、失礼いたします」

そこに立っていたのは、旅の同行者であるステラだった。

ステラは一糸まとわぬ裸で立っており、タオルすらも身に着けていない。

身長が低くて子供のようにも見えるステラだったが、こうして脱いで見ると胸はそれなりに膨らんでいた。

「あ、なるほど」

ウータが怪訝に思ったのは数秒のことだった。

ウータは、ステラがウータの入浴が終わるまで待ち切れず、入ってきてしまったのだと結論を出した。

普段から身だしなみなどに気を遣っていない自分でさえ、長旅から入浴を求めていた。ならば、女性であればなおさらである。

一人の紳士として、ステラを先に入浴させるべきだったのだ。

そう結論づけて、ウータはステラに言う。

「ごめんね。気がつかなかったよ。そういう気遣いって苦手なんだ」

「えっと、気遣いというのはよくわかりませんが、お背中を流してもよろしいでしょうか？」

「うん？　そりゃあ、もちろん？」

「そ、それでは……失礼いたします」

ステラがウータからスポンジを受け取って、泡立てたそれで背中を洗ってくれる。

まるで壊れ物を磨くような優しい手つきだった。

「もっと強くしてくれていいかな」

「……わかりました」

力加減が強くなった。

「腕を上げてください」

「うん」

背中だけではなく、脇の下までしっかりと洗ってくれた。

「………？」

それにしても……わからない。

どうして、ステラはここまでしてくれるのだろう。

そんな丁寧に面倒をみてくれる理由に心当たりはないのだが。

「ま、前も失礼します……」

「わっ」

ステラの手がおっかなびっくり伸びてきて、ウータの胸やお腹まで洗ってくれた。

後ろから手を回して洗ったため、どうしても身体を密着させることになってしまう。

「わっ、柔っこい」

背中に当たる柔らかな感触。女性特有の肉感的なそれが押しつけられる。

「なんというか……洗ってくれてるだけなのかな」

「………そうです」

ステラはどこか拗《す》ねたような口調で言って、スポンジを上下に動かした。


「ハア……や、やりすぎちゃいましたか？」

身体を洗い、湯船を堪能したウータは先に浴室から出ていった。

残されたステラはお湯に肩まで浸かり、ドキドキと高鳴る胸を手で押さえる。

やりすぎだったかもしれない。だけど……必要ないことだったとは思わなかった。

ステラがウータの身体を洗い、胸を押しつけまでしたのは、打算と恐怖が理由である。

任務に失敗したことで、ステラは『火の神殿』からの庇護《ひご》を失った。

それどころか、生存していることがバレたら追手を送りつけられることだろう。

魔法無効化能力という稀有な力を持っている以外は、ステラは普通の少女と大差ない。

『火の神殿』がその気になれば、ステラなどすぐに叩き潰してしまえるだろう。

（もしも、ウータさんに見捨てられたら、私は死んでしまう……）

あの村では死んでもいいと思っていたが、一度、命が助かってしまうと欲が出てきてしまった。

死にたくない。殺されて、ゴミみたいに捨てられるなんて嫌だ。

（ウータさんは料理を作ってくれるだけでいいと言っていたけど、本当にそれでいいの？）

いいわけがない……少なくとも、ステラはそう思っていた。

もしも、ステラの作る料理に飽きてしまったら。

もしも、ステラよりも料理が上手い人間が現れたら。

もしも、ステラを置いてどこか遠くに行ってしまったら。

ステラは見捨てられる。そして……追っ手によって殺される。

ステラがウータに誘惑じみたことをしたのは、そんな恐怖と焦りに突き動かされてのことだった。

ステラは体格こそ中学生に上がるかどうかという背丈だが、実年齢はウータよりも年上。

身体が小さいのは奴隷の子として生まれたので、幼少時に成長のための栄養が足りなかったためである。いざとなれば、女の武器を使える程度には精神的に成熟していた。

「よし……」

ステラは覚悟を決めて、湯船から出た。

脱衣所に出て身体の水分をぬぐうが、下着は身に着けない。

棚の上に置かれていたバスローブを小さな身体に羽織って、それだけの格好で脱衣所を出る。

(身体は小っちゃいけど、胸には自信がある。私みたいな女の子を好きだって人もいるみたいだし……あとは勢い！　女は度胸！)

心の中で自分自身に言い聞かす。

覚悟が鈍らないように、あえてズンズンと大股で寝室に戻っていく。

「う、ウータさんっっっ！」

勢いよく扉を開け放ち……そして、真っ赤な顔で言い放つ。

「し、しっかりと肌を磨いてきました！　どうか、私のことを好きにして……」

「すぴー、すぴー……」

「くださ……………へ？」

決然とした顔で寝室に戻ったステラであったが……ウータはベッドの上、寝息を立てて鼻提灯《ちょうちん》を膨らませていた。

「う、ウータさん？　ウータさん！」

「ムニャムニャ……もう食べられないよ……」

「そ、そんな嘘みたいな寝言を……」

「デザートは別腹だから……それと、明日の朝ご飯はハニートーストがいいかも。蜂蜜たっぷりでね」

「起きていますよね!?　そんなハッキリした寝言を言う人なんていませんよっ！」

しかし、ウータは本当に眠っているようで目を開ける様子はない。

ステラは肩を落として脱力して、床に座り込んだ。

「………あはっ」

もはや笑うしかない状況である。

女の覚悟なんて、目の前の異能の少年には関係なかった。

「ハア……仕方がないですね」

ステラは安堵したような、ガッカリしたような複雑な気持ちになって、ウータの隣に横になる。

「ムニャムニャ」

「あうっ」

ウータの両腕が伸びてきて、ステラを抱き寄せる。

やっぱり狸《たぬき》寝入りだったのかと身体を硬直させるが、ウータはステラを抱き枕にして幸せそうに寝息を立てていた。

「お腹、いっぱい……おかわり……」

「……はいはい、わかりました。ハニートーストですよね？」

「ムニャムニャ……ジャムも付けて……」

「仰せのままに、ウータさん」

そのまま一晩中抱きしめられるステラであったが……不思議と翌朝には胸につかえていた不安が楽になっていた。

宿屋の朝食もあるだろうに……ウータはステラが作ったハニートーストをペロリと平らげたのである。

◇　◇　◇

「あー、美味しかった。今日も頑張るぞー」

オールデンに宿泊した翌朝、朝食をたっぷりと食べたウータは満足そうに町に出た。

長旅で野宿が多かったため、こんなにしっかりと睡眠をとったのは久しぶりだ。

ウータの後にステラも続いて宿を出る。ステラもまた、憑き物が落ちたようなスッキリとした表情をしていた。

「それで……『塔』の賢者さんに会うためにどうしたらいいんだっけ？」

「強い魔物、珍しい魔物の素材を贈り物にしたらいいと思います。『魔物狩り』ギルドに行ってみてはどうでしょう？」

「魔物狩りギルド？」

「この世界には商業ギルドや職人ギルドなど、いくつものギルドが存在しています。魔物狩りギルドは魔物退治を専門としていて、素材の買い取りなどをしています」

「へえ、ゲームみたいだね」

冒険者ギルドのようなものだろう。

ロールプレイングゲームのようで、少しだけ面白い。

「魔物狩りギルドに行けば、魔物の生息地帯などの情報も売ってくれるはずです。行ってみましょう」

「うん、行こっか」

二人は街を並んで歩いていき、魔物狩りギルドを目指す。

人波をかき分け、大通りをしばらく歩いていくと、目的の建物が見えてきた。

「『剣と獅子《しし》』の紋章……ここが魔物狩りギルドですね」

「へえ、意外と綺麗な建物だね」

そこにあったのは白い小綺麗な建物だった。

ウータはてっきり、魔物退治の専門家が集まるところだから、西部の酒場のような荒々しい場所だとばかり思っていたのだが。

扉を開くと、部屋の奥にカウンターが設置された役所のような空間が現れる。

カウンターの向こうにはきっちりした服装の女性がいて、ウータとステラをにこやかに出迎えた。

「いらっしゃいませ、こちらへどうぞ」

「あ、はい」

ウータは言われるがまま、カウンターまで歩いていった。

「初めての方ですよね？　本日はどのような御用件でしょうか？」

「あの……私達、魔物についての情報を買いたいんです」

ウータに代わり、ステラが受付嬢に要求を切り出す。

「できるだけ、珍しくて高価な魔物について知りたいんですけど……」

「魔物についての情報ですか？　もしかして、討伐依頼を受けに来た方でしょうか？」

「そうです。この町に来たのは昨日からですけど、魔物の討伐経験はあります」

「なるほど。ご一緒に討伐者登録もいかがでしょう？　討伐者として登録していただければ、割引価格で情報を提供できますが？」

受付嬢の提案に、ステラが首を横に振る。

「いえ……この町に長く留まるかわからないので、結構です」

「そうですか……相応の対価さえ頂ければ、登録されている討伐者様以外にも魔物の情報を差し上げることができます。しかし、討伐の際に命を落としたとしても自己責任となります。よろしいでしょうか？」

「大丈夫です」

ステラが淀みなく受付嬢との交渉を終える。

慣れた態度だ。これまでにも、こういった交渉事をしてきたのかもしれない。

「珍しい魔物と言いますと……現在、当ギルドに情報が入っているのは、『デーモンエイプ』、『ホワイトフェンリル』、『ゴールデンカーバンクル』の三つになります。デーモンエイプは五万ペイツ、他の二種類は十万ペイツになります」

「……どうしましょうか、ウータさん？」

ステラが振り返って、ウータに訊ねる。

ウータは特に考えることなく、「全部買ったらいいんじゃない？」と答える。

「別にお金には困ってないし、買ったらいいよ」

情報料は全部で二十五万ペイッ。安い金額ではもちろんないし、ウータが国王から貰った金の四分の一にあたる。

それでも、ウータはケチではない。無駄遣いやギャンブルは好きではないが、お金があれば惜しみなく使う性格だった。

「それでは、こちらに情報が記載してあります。どうぞお気を付けて」

金貨と引き換えにステラが情報が記された数枚の紙を受け取り、折り畳んで懐にしまう。

「それじゃあ、行きましょう。ウータさん」

「うん、行こう行こう」

用事を済ませた二人はギルドを出た。

適当なカフェにでも入って情報を確認しようとするが……後ろから声をかけられる。

「おい、待ちな！」

「「え？」」

二人が振り返ると、そこにはニヤニヤと笑う三人組の男がいた。

「いいもんを持ってんじゃねえか。俺達にも見せてくれよ」

「……どちら様でしょうか。あなた達は」

ステラが警戒した様子で訊ねる。

男達はニヤケ顔のまま、両手を上げて話す。

「勘違いするなよ。別に危害を加えるつもりはない……俺達は、ただその紙を見せてほしいってお願いしているだけだ」

「そうそう、強盗じゃねえぞ？　見せてくださいってお願いしているだけだからな！」

「憲兵なんて呼ぶなよ？　あくまでも『頼んでいる』だけだからなあ！」

つまり、この男達はウータ達が購入した情報を見せてもらい、タダ乗りをしようとしているのだ。

「ウータさん……どうしましょう」

「別にいいんじゃない。見せちゃっても」

ウータが平然と言う。

身銭を切って購入した情報だというのに、少しも執着がなさそうである。

「立ち話もなんだからさ。そこのお店に入ろうよ」

ウータがそう提案すると、男達は満足したように頷いた。

「へえ、話がわかるじゃねえか」

「賢い生き方だと思うぜ、ヒャヒャッ！」

男達が不快な笑い声を出して、ウータ達と一緒にカフェについてくる。

「ウータさん、本当にいいんですか？」

小声で訊いてきたステラに、ウータは軽い調子で返す。

「どうだろうねー、いいって言ったらいいし、悪いと言ったら悪いし」

「えーと……意味がわからないんですけど？」

「ほら、さっさと来やがれ！」

「逃げたら承知しねえぞ！　来い！」

「うん、逃げないよ。お先にどうぞ」

ウータがカフェの扉を開いて、男達に中に入るよう促した。

男達が扉をくぐってカフェに入っていき……ウータが扉を閉める。

「ウータさん？」

「いっつあ、さぷらーいず」

「へ……？」

ウータが扉を再び開くと、そこにいたはずの男達が消えていた。

「ええっ⁉　どうしてですかっ⁉」

「でぃす、いず、あ、いりゅーじょん」

「な、なにを言っているんですか？」

「どこでもトビラだよ。まあ、言ってもわからないかな？」

ウータが愉快そうに両手を広げた。

「魔物に会いたがっているみたいだから、魔物がいそうな場所に送ってあげたんだ。きっと喜んでいるよ」

ウータはいつもと同じ、のほほんとした顔で言う。

なんの準備もせずに魔物の巣窟に入ろうものなら、命の危機だってあるのだが……そんなことは少しも気にしていない。

ステラは無理矢理自分を納得させた。

「……そうですね。きっと喜んでいます」

「うん！　それじゃあ、カフェでお茶をしよっか」

「…………はい」

ステラはウータの言葉を否定することなく受け入れて、一緒にカフェに入る。

「それじゃあ、作戦会議だよ。魔物の討伐だけど……どれにしよっか？」

カフェに入って、二人はそれぞれ飲み物を注文した。

ウータがオレンジジュース、ステラが紅茶。

注文した飲み物が運ばれてくると、二人はそれを飲みながら作戦会議に入る。

テーブルの上に魔物の情報が記載された紙を広げた。

「『デーモンエイプ』、『ホワイトフェンリル』、『ゴールデンカーバンクル』……生息地はバラバラで、どれもこの都市からの距離は同じくらいですね」

紙を覗き込んで、ステラが言った。

「うん、どれがいいか迷っちゃうね」

「危険度も同じくらい……まあ、ウータさんには関係なさそうですけど」

「いやいや、そんなことないと思うけど？」

「そうですか？」

「うん。たぶん、全部塵にしちゃうから素材の回収が難しいと思うよー」

ウータの懸念《けねん》はそこである。

ウータは殺すのは得意である。人間でも魔物でも、一撃で塵にして葬《ほうむ》り去る自信があった。

けれど、死体を残したまま倒して素材にするのは難しい。

「そもそも、塵にせずに倒すってどうしたらいいんだっけ？　雲の高さまで転移して落としたらいいのかな？」

サラッと恐ろしいことを言うウータに、ステラが首を横に振った。

「いえ、それだと素材となる部位までグチャグチャになると思います」

「そっか……それじゃあ、どうしよっか？」

腕を組んで悩むウータを見て、ステラも考え込む。

「私も護身術程度の武芸はできますけど、魔物を倒したことはあまりないですね……それでは、ナイフなどの武器を使ってみてはどうでしょう？」

「ナイフ？」

「はい。ウータさんは転移ができますし、魔物の後ろに転移してナイフで刺すというのはどうでしょう」

「あ、それなら塵にしなくてもいいね！　ステラってば頭いい！」

「……いえ、そんなことはないと思いますけど」

むしろ、どうしてウータが思いつかないのか不思議なくらいだ。

（ウータさんは自分のことにすごく無頓着《むとんちゃく》ですよね……その気になれば、もっと色々とできる気がするんですけど）

魔物を倒す方法すら考えつかないのに、ビーフシチューが食べたいからなどという軽い理由で人を殺すこともある。

数日間一緒にいるというのに、ステラにはウータの行動原理がいまだに少しも掴めなかった。

（欲望に忠実ということでしょうか……でも、私には手出しをしてくれませんでしたね）

浴室で洗ってあげた際、精一杯アピールしたのに。

「……それでは、このデーモンエイプという魔物にしましょう。山奥にいる魔物で大変かもしれませんが、この魔物ならナイフで倒せそうですから」

ホワイトフェンリルは刃物が通らないし、ゴールデンカーバンクルは稀少性が高くて見つけ出すのが難しい。

デーモンエイプならば、山登りが大変なだけで倒すのは難しくない。

「ただ、この魔物は群れで行動するみたいですから。囲まれないように気を付けましょう」

「うん、その時は塵にしちゃうね」

冗談めかして言って、ジュースを飲むウータ。

（よかった、この魔物にしてくれて）

そんな気の抜けるようなウータの顔を見つつ、ステラがひっそりと胸を撫で下ろす。

デーモンエイプを選んだのにはもう一つ理由があった。

この魔物は非常に知能が高く、魔法を使って攻撃をしてくるのだ。

（この魔物が相手だったら、魔法無効化能力が役に立つかもしれない）

料理以外で活躍して、自分の価値をウータに示すチャンスである。

「じゃあ、そういうことで。ちょっと小腹が空いてきちゃったから、なにか食べよっか？」

「はい、ウータさんのお気に召すまま」

二人はピザを注文することにした。

運ばれてきたピザはなかなかの美味であり、ウータはとても気に入っていた。

幸せそうに料理を食べるウータの姿に、ステラは秘かにピザ作りをマスターすることを決意するのであった。

◇　◇　◇

デーモンエイプが生息しているのは、魔法都市オールデンの北にある岩山だ。

都市を出たウータとステラは一緒に岩山まで歩いていき、登山に臨む。

「フウ、フウ……これは思ったよりも大変ですね」

ステラが杖をついて傾斜を登りながら、息を切らす。

ステラは奴隷の子として生まれて幼少時から厳しい労働を強いられてきた。

おかげで人よりも体力はある方だったが、慣れない登山でかなり疲れている。

「うん、結構きついね。ちょっと休憩しようか？」

一方で、ウータはそれほど大変そうには見えない。

いつもと同じくのんびりとした顔をしており、ピクニックでもするような足取りで剥き出しの岩の上を歩いている。

「い、いえ……大丈夫です。頑張りますから」

「そう？　キツくなってきたら無理せずに言ってね」

ステラはウータの足手まといにならないよう、必死な様子で食い下がる。

急峻《きゅうしゅん》な岩場を一歩一歩慎重に歩いていくが、困ったことに、二人はピッケルやアイゼンなどの登山道具を所持しておらず、専用の装備なしでの登山はかなりの重労働だった。

「キャアッ！」

剥き出しの岩山は風の影響も受けやすい。

突風に煽られて、ステラがバランスを崩して滑落《かつらく》しそうになる。

「ほら、危ないよー」

しかし、ウータがステラのすぐ下に転移して身体を支える。

「あ、ありがとうございます……」

「うん、それにしても……デーモンエイプだっけ？　その魔物を倒すよりも、山登りの方が大変そうだね」

ウータの言う通り。実のところ、デーモンエイプは必ずしも強い魔物というわけではない。

群れで行動して知能が高く、魔法を使うことはできるものの、ベテラン冒険者であればさほど苦もなく倒せる敵だった。

問題なのは、生息地が岩山の高所であること。魔物を倒すよりも、彼らの生息地帯までの登山の方が危険度は高いのだ。

「ごめんなさい……足手まといになってしまって……」

「別にいいけど？　それよりも、そろそろお弁当にしない？　この辺りだったら眺めもいいしね」

「そう、ですね……」

ウータとステラは手頃な岩の上に腰かけて、昼食を摂ることにした。

弁当のメニューはステラのお手製のサンドイッチである。宿屋の厨房を貸してもらって作ったものだった。

「あ、美味しい」

卵のサンドイッチには特製のマスタードが入っていて、ウータの好みとよく合っていた。

幸せそうな笑顔を浮かべて、モシャモシャとサンドイッチを食べるウータ。

「……ウータさんは元気ですね」

ステラがため息混じりに言う。疲れすぎていて食欲がなく、ステラはサンドイッチ半分でお腹いっぱいという気分だった。

「そんなんじゃ上まで保たないよー。ほらほら、景色が綺麗だから見てごらん」

「え……」

ウータに促されて、ステラが顔を上げた。

すると……そこには絶景としか言いようのない景色が広がっている。

「わ……すごい……」

「すごいよね。綺麗だよね」

岩山の向こう、緑の平原が広がっている。青々と生い茂る木々がどこまでも鮮やかな色彩を広げており、そんな景色の中を人間が築いた道が縦断していた。

そして、地平線で分かたれた景色の上方には青い空が広がっており、雲が風に流されて空を泳いでいる。

「はい……綺麗です……」

「僕はあまり興味がなかったんだけど……山登りが好きって言う人の気持ちがわかったよ。富士山とかエベレストの頂上から見たら、どんな景色が見えるんだろうねえ」

ウータは上機嫌で言いながら、水筒をステラに手渡す。

「あ、ありがとうございます……」

「目的の場所まであとちょっとだよ。もう少しだけ、頑張れるかな？」

「……はい、頑張れる気がしてきました」

ステラが微笑んで、水筒に口を付けた。

「……ウータさんは不思議な人ですね」

水を飲んで一息ついて、ステラがポツリと言う。

「人を笑顔で殺す冷酷な面もあるのに、普通に優しくて慈悲深い面も持ち合わせている……知れば知るほど、あなたという人間がわからなくなっていきます……」

「そんな難しいことはないと思うんだけどね。気に入らない人は殺すだけだよ」

ウータは立ち上がって、ステラに手を差し出した。

「それじゃ、行こうか」

「はい……」

ウータの手に自分の手を重ねて、ステラが立ち上がろうとする。

「ありゃ？」

だが……次の瞬間、グシャリと音が鳴る。

山の上方から転がってきた岩がステラの頭部を容赦なく破壊した。

頭をなくしたステラの身体がコロリと倒れて、そのまま岩山を転がり落ちていく。

「ええ？　なんだよ、ごはん中にっ」

食事の最中にとんでもないスプラッターを見せられてしまった。

さすがのウータも、知り合いの頭が砕けるのを目にすると食欲が失せる。

「うー、もうちょっと味わって食べたかったんだけど、仕方がないなあ」

ウータは慌てて手に持っていたサンドイッチを口に詰め込んだ。

嫌なものを見たせいで味はしなかったが……食べ物を粗末にしないようにお婆ちゃんに言われているのだ。

食事を終えてから転移を発動させる。岩山の下の方に移動した。

「よいしょっと」

転がり落ちてきたステラの身体をキャッチする。

砕け散った頭に手を添えて力を使うと、まるで逆再生したかのように、破壊された頭部が修復される。

時間さえ操る邪神の力によって、死体を再生させたのだ。

「あれ？　私、なにを……」

「おかえりー。危なかったね」

「へ……？」

ステラがウータに抱きしめられながら、首を傾げる。

自分が一度死んで、生き返ったことに気がついていないようだ。

「う、ウータさん⁉　どうして私を抱きしめて……⁉」

「危ないなあ。岩山ってこういうことがあるんだね……って、アレはなにかな？」

「へ……？」

ウータが上方を見つめている。

釣られてステラが見上げると、数十メートル上に黒い人型の影が見えた。

「キキキッ！」

「ギイッ！　ギイッ！」

そこには二匹の奇怪な生き物がいた。

黒い体毛を伸ばしてこちらを指差しているのは、チンパンジーほどの大きさの猿だった。

普通の猿と違うのは、頭部には山羊《やぎ》のような角が、背中には翼が生えていること。

「あ、あれがデーモンエイプです……！」

「ああ、アレか……もしかして、あの猿が岩を落としてきたのかな？」

「キャキャキャキャッ！」

ウータの疑問に答えるかのように、黒い猿……デーモンエイプがその場でピョンピョンと飛び跳ねる。

すると、デーモンエイプの足元の岩場が崩れて、岩石が一人めがけて転がってきた。

「キャアッ！」

「……迷惑な猿だなあ。当たったら痛いじゃ済まないよー」

ウータが悲鳴を上げたステラを抱きしめたまま転移する。

デーモンエイプの真後ろに移動し、一匹に触れた。

「おしおき」

「キ……」

デーモンエイプの一匹が塵になって、岩山に散乱した。

「キャキャッ⁉」

驚いたもう一匹が慌てた様子で翼をパタパタと動かし、岩山を跳ねて逃げていく。

「あ、しまった。いつもの癖で塵にしちゃった」

素材採集のためにナイフで倒す予定だったのだが、ついついやってしまった。

ウータは「反省反省」と自分の頭をコツンと指で叩く。

「ダメだなあ、僕ってばうっかりさんだよ。こういうところが幼馴染のみんなに怒られるんだよねー。えーと、ナイフってどこにしまったっけ？」

「こ、こっちです、ウータさん」

ステラがウータの腕の中から出て、荷物の中のナイフを取り出す。

　しかし、すでに残っていたデーモンエイプは見えない場所まで逃げてしまっていた。

「あーあ、また探さなくっちゃね」

「まあ、どうせ一匹分の素材では足りませんから。あの猿が逃げていった方向に巣があると思いますから、追いかけましょう」

「グッドアイデアだね。それにしても……いくら猿だからって、どうしてこの岩山をあんなに素早く動けるのかな？」

「デーモンエイプの背中に羽がありましたよね？　彼らは空を飛ぶことはできないんですけど、あの羽によって体重を軽減させて身軽に跳ね回ることができるんです」

「へえ、そうなんだ。どうりで素早いわけだよ」

　ウータが感心したように頷いて、ステラに手を差し出した。

「それじゃあ、追いかけるよ。ちょっと急いでいくから掴まっていてね」

「…………はい」

　ステラは少しだけ迷ってから、ウータが差し出した手を掴んだ。

「それじゃ……レッツゴー！」

「キャアッ！」

　しかし、恥じ入っている暇はなかった。

ステラの手を掴んで抱き上げたウータが、バッタのように飛び跳ねて、逃亡した猿を追いかける。

その速度、身軽さは先ほどのデーモンエイプにも劣ってはいなかった。

「ひゃあああああああああああっ！」

岩山を飛び回る恐怖から涙目になって、ステラはされるがままウータに引っ張られる。

そうして岩山を上っていくと、そこには黒い猿が群れを成して居座っていた。

「あ、デーモンエイプがいたよ」

「は、はひい……」

ウータが嬉しそうに言う。

猛スピードで岩山を跳んできたおかげで、ステラの方は目を回していたが。

「ウキッ！」

「ギイギイッ！」

「ウギャギャギャギャッ！」

ウータ達の存在に気がつくと、デーモンエイプがこぞって歯を剥いて威嚇《いかく》してくる。

「おお、元気がいいなあ。サファリみたいだ」

「た、たくさんいますね」

デーモンエイプは二十四以上もいる。

彼らは地面の石を持ったりして、突然の襲撃者に身構えていた。

「猿山そのものだね」

「そうですね……なんというか、すごく吠えてますね」

「素材はどれくらい必要なんだっけ？」

「まあ、五匹分くらいあれば十分かと」

「あ、そう」

ウータが転移して、こちらに向かって威嚇しているデーモンエイプの後方に移動した。

「えい」

「ギャ……」

ウータに触られたデーモンエイプが塵となる。

仲間を殺されたデーモンエイプが混乱した様子で吠えるが、ウータは次々と塵にしていった。

「ギイ……ギイ……」

「はい、これで残りは五匹ね。他は邪魔だから消しちゃった」

「……そうですか」

素材を採集する五匹を除いて、デーモンエイプは一匹残らず塵になった。

デーモンエイプの中には、子猿を連れた親猿もいたのだが……ウータに躊躇《ためら》いはない。

ステラが差し出したナイフを手に取ると、怯えている生き残りのデーモンエイプの傍に転移して首に刃を突き刺していった。

「…………」

「はい、おしまい」

「……そうですね。それじゃあ、素材を切り分けましょう」

容赦のないウータの行動に若干引きながらも、ステラはデーモンエイプの死骸に歩み寄る。

魔物の心臓である核、毛皮、爪、牙……必要な素材をナイフで切り分けて、丁寧に回収していった。

「へえ、上手だね」

「神殿にいた頃に、家畜の解体をよくやらされましたから」

「そうなんだ。それは食用にしてたってこと？　お坊さんってお肉は食べないイメージがあったんだけど」

「……そうですね。食べていました」

本当はこの世界の神官にも粗食の戒律《かいりつ》があるのだが、ステラがいた『火の神殿』の上級神官達がそれを守っている様子はなかった。

信者から寄付を集めては金銀財宝を買いあさり、娼婦を抱いて、肉や酒を容赦なく喰らう。

全ての神官がそうということではなかったものの、そのせいでステラは生臭坊主ほど出世が早いというイメージを持っている。

「『火の神殿』の人達は粗暴な人が多かったですから……奴隷の子供をいじめるとか、よくしていました」

「へえ、酷い人達だったんだね」

「……はい。酷い人達でした」

ステラがわずかに表情を曇らせるが、ウータはのほほんとした様子である。

切り分けられたデーモンエイプを見下ろして、「猿の肉って食べられるのかな?」などと見当違いなことを言っている。

そうしているうちに素材の切り分けが終わり、デーモンエイプの素材が十分に集まった。

「はい……この素材を持っていけば、『塔』の方々も悪いようにはしないはずです。賢者様に会う口実になると思いますよ」

「うん、ありがとね。助かった」

ウータはそう言いながら、素材を空間魔法に収納する。

「いえ、助けてもらっているのは私の方ですから……それよりも、帰りは山を下っていくんですか?」

「いやいや、もう登山は十分に楽しんだから別にいいかな。転移を使って下りようか」

「そうですね、それがいいと思います」

登山は登りよりも下りの方が危険だという話を、ウータは聞いたことがある。

実際にどうなのかはウータにはわからないが、あえて時間をかけて歩く必要はないと感じられた。

「それじゃあ、このまま転移して……」

「ギャアアアアオオオオオオオオオオオオッ！」

「宿屋でご飯を…………ん？」

するすると、身の毛がよだつような絶叫が聞こえた。

地の底から響いてくるような鳴き声に、ウータが不思議そうな顔をする。

「う、ウータさん！　アレ、アレ！」

「…………あれ？」

見上げた先、二人がいるよりもわずかに登ったところに、巨大な黒い影があった。

それはデーモンエイプと同じ魔物に見えたが……おかしいのはサイズ感。

デーモンエイプの大きさはせいぜいチンパンジーと同じほどなのだが、その猿は明らかに大きく、
ゴリラやオラウータン以上の体躯があった。

「ギャアアアアアオオオオオオオオオオオオオオオッ！」

「あれもデーモンエイプかな？　元気がいいね」

動物園の珍獣を見るように興味深そうにつぶやくウータに、巨大デーモンエイプが手近な岩を持ち上げた。

人間など容易に押し潰せるであろうそれを迷いなく投擲《とうてき》して、ウータ達を攻撃してきた。

「ひゃあああああああああああっ！」

弧を描いて落下してくる巨石を前に、ステラがウータにしがみついて悲鳴を上げる。

「お？」

身体が密着したことで、背丈のわりにたわわな胸が押しつけられる。

フニフニと柔らかく形を変える感触は心地好いものだ。

どうして、同じ人間だというのに男と女はこんなに硬さが違うのだろうと、ウータは首をひねる。

「僕って、おっぱいが嫌いじゃないみたいだ。赤ん坊の時の記憶が残っているからかな？」

「そんなこと言ってる場合じゃないですよおおおおおおおおおっ！」

ウータはこんな時でものんびりとしているが、ステラは眼前に迫りくる巨石を前に、恐怖のあまり目を閉じた。

「えいっ」

だが……ウータが軽い掛け声で巨石に掌を向ける。落下してきた石の表面にウータの手が触れた途端、何十トンもあるであろう巨石が消えた。

「ひえ？　岩はどこに？」

「塵にしたら服が汚れるから、転移させたよ」

「グギャアアアアアアアアアアアアッ！」

「お？」

ウータが視線を向けると、巨大デーモンエイプの周囲に氷の粒が生まれていた。それは瞬く間に無数の氷柱に成長する。

デーモンエイプは魔物でありながら魔法を使うことができる。

二人めがけて、大量の氷柱が殺到してきた。

「《純白なる浄化の火《イノセント・ファイア》》！」

そこで、ステラが能力を発動させる。

魔法を無効化する白い炎がウータとステラの周囲に生じて、飛んできた氷柱が消えていった。

「おお、温《ぬく》いね。あったまるなあ」

「私の炎に熱はないので、別に温かくはないと思いますけど……ウータさん、アレを塵にせず倒すことができますか？」

「うん？　どうして？」

ステラの問いにウータが首を傾げる。

「あの大きさ……間違いなく突然変異で生まれた稀少種の魔物です。アレの素材を手に入れることができれば、間違いなく賢者様が最優先で会ってくれるはずです！」

「ああ、そうなんだ。それじゃあ……どうしよっかな？」

「ギャオオオオオオオオオオオオオオッ！」

巨大デーモンエイプが岩を投げたり、魔法を撃ったり、休む暇を与えることなく猛攻をしかけてくる。

それでも接近してこないのは、先ほど、ウータが他のデーモンエイプを塵にするところをどこからか見ていたのかもしれない。

転移を使えば接近することができるだろうが、あの巨大な身体の前にはナイフなんて蟷螂《とうろう》の斧みたいなものだ。突き刺してもナイフが折れ曲がってしまうに違いない。

「とりあえず、鬱陶《うっとう》しいから移動するよ」

「ひゃっ！」

ウータがステラの腰を抱き寄せて、転移した。

巨大デーモンエイプから少し離れた岩の上まで移動する。

「ギャッ!?」

巨大デーモンエイプが驚いて左右を見回して、ウータ達のことを探している。

ウータとステラは身体を低くさせて、岩の陰に身を潜めた。

「わ、私達のことを探していますね」

「探してるねー。アレ、どうやって殺そっか？」

「やっぱり難しいですか、ウータさんでも」

ステラが不安そうに訊ねる。

「そういう言い方をされると、できないとは言いたくなくなるね。僕も男の子だし」

「ウータさん？」

ウータがひょいと岩陰から飛び出した。

「ちょっと待ってて。久しぶりにガチンコでやってくるから」

「が、がちんこって……」

「やあやあ、とうっ」

ウータは岩山の足場を蹴ると、二人に背中を向けているデーモンエイプにドロップキックを喰らわせた。

「ギャンッ！」

背中を蹴られたデーモンエイプが前のめりに倒れるが、あわや岩山を転がり落ちるかというところで踏みとどまった。

「ギャオウッ！」

「あ、怒った？」

「ギャアアアアアアアアアアアアアアアッ！」

巨大デーモンエイプが手近な岩を掴んで、ウータに叩きつけてきた。

しかし、岩はウータが触れた途端に粉々になって塵状になる。

「ギャッ⁉」

「あーあ……結局、服が汚れちゃったな」

巨大デーモンエイプが慌てて飛びのいた。

「やらないよー。素材を採ってくるようにステラにも言われてるからねー」

距離を取った巨大デーモンエイプの足元に転移をする。

そして、その足元の地面を転移で消した。

「ギャオ⁉」

再び、巨大デーモンエイプがバランスを崩した。

そのまま倒れかかってきた大きな顔面へと、ウータが握りこぶしを叩きつける。

「とおっ」

「ギャ……！」

ウータの細腕、小さな拳では巨大デーモンエイプにはダメージを与えることはできない。

それでも、鼻を殴られた巨大デーモンエイプが怒りに表情を歪めて、ウータに掴みかかってくる。

「わあ、やっぱりダメか」

「ギャアアアオオオオオオオオオオオオッ！」

「うわああああああっ」

巨大デーモンエイプが腕を振りかぶり、ウータを宙に投げ飛ばした。

ウータの身体がクルクルと回転しながら飛んでいく。

「ウータさん!?」

「あー、びっくらこいた」

「ひゃあん！」

飛んでいったウータがステラの隣にいた。

転移して戻ってきたのだ。

「ごめん、やっぱり無理かも。てへぺろ」

「あ……そうなんですか」

「塵にできない、ナイフも刺さらないいじゃ攻撃手段がないんだよねー。どうやったら、アレを倒せるのかな？」

「えっと……私に聞かれましても」

「グウウギャアアアアアオオオオオオオオオオオッ！」

空中で姿を消したウータを探して、巨大デーモンエイプが雄叫びを上げている。

限界まで開かれた大きな口を見つめて、ステラがポツリと思いつきを口に出す。

「えっと……それじゃあ、その辺の石を転移させて、あの大猿の口の中とかに詰め込んでみるのはどうでしょう？　喉が詰まったら呼吸もできなくなると思いますし、それなら少しは効果が……」

「採用！」

「キャアッ！」

ウータがステラに抱き着いた。

「その手があったね。アレだ、赤ずきんちゃん的なやつだ」

「な、なななななっ、なにずきんちゃんですかあっ!?」

「アレは石をお腹に詰めるんだったけど……よし、決断。即実行！」

ウータが足元にあった手頃な大きさの石を拾って、巨大デーモンエイプの口内に転移させる。

「ギャウッ!?」

岩はすぐに噛み砕かれてしまったが、矢継ぎ早に送り込む。

巨大デーモンエイプは必死に岩を吐き出し、両手で口の中の砂や石を掻き出そうとするが……ウータが送り込むスピードの方が速かった。

「グ……ギャ……」

やがて喉が詰まってしまったのか、呼吸困難を起こした巨大デーモンエイプが動かなくなる。

それまでの激闘が嘘のように、あっけない勝利であった。

「えーと、この大猿なんですけど、解体して素材にするよりもそのまま持ち帰った方がいいと思います」

「へえ、なんでかな？」

ステラの提案に、ウータは首を傾げる。

「理由なんですけど……まず、この魔物は明らかに大きくて毛皮もぶ厚くて、私の手持ちの刃物では解体できそうにないんです」

「ふんふん、なるほどね」

「それから、この魔物は明らかに突然変異の稀少種に見えますから。バラバラにするよりも、そのまま持って帰った方が『塔』の研究者の方も喜ぶと思うんです。賢者様にお会いするのが目的なら、そっちの方が確実かと」

「そっかそっか。よくわからないけど、ステラがそう言うのならそうなんだろうねえ」

ウータはわかってもいないくせに、腕を組んで「うんうん」と頷いた。

「えっと……自分で説明しておいてなんなのですけど、そんなに簡単に納得してくれていいんですか？」

「いいんじゃない？　ステラのご飯は美味しいから」

ウータはよくわからない理屈を述べた。

「僕の経験上、美味しいものをくれる人の言うことはだいたい正しいから」

「……ウータさん、お菓子をくれる人とかについていったらダメですよ？」

「わかってるよー。子供の頃に飴をくれるお姉さんの家についていって、両親と先生に怒られたから」

「すでに経験済みですか!?」

「うん、ちょっと変なお願いをされたけど、ケーキを食べさせてくれたんだ。変わったお姉さんだったよ」

「……本当にそういうのやめてくださいね。ステラとの約束です」

「うん、わかったー」

本当にわかっているのか怪しい返事をして、ウータが巨大デーモンエイプの死骸をつま先で蹴る。

すると、魔物の死骸が跡形もなく消える。

「ウータさん、空間魔法に収納したんですか？」

「ううん、町に転移させたんだよ。あんまり大きい物を入れると容量が圧迫されるからね」

「ああ、容量制限があるんですね……ちなみに、町のどちらに送ったんですか？」

「宿屋の前」

「…………」

ステラが黙り込む。

それはつまり、オールデンの町の宿屋の前に巨大な魔物の死骸があるということ。

「それって……すごく騒ぎになりません？」

「あ、そっか」

ウータが今さらのように気がついた。

町中に魔物が現れたらどうなるとかいう発想がなかったのだ。

「ウ、ウータさん！　私達も戻りましょう！」

「うん、わかったよ」

ウータがステラの手を握って、転移を発動させる。

周囲の景色が一変する。ゴツゴツとした岩山から、大勢の人々が行き交うオールデンの町へ。

ウータとステラは巨大デーモンエイプの傍らに転移した。

「魔物だ！　魔物が出たぞ！」

「動かない、死んでいるのか!?」

「油断するな……急に暴れ出すかもしれんぞ！」

町を守る衛兵達が慌てた声を上げていた。

彼らは突如として現れた巨大な魔物を警戒して、武器を突きつけている。

「あ、すごい騒ぎ」

「やっぱり……」

「人も出てきたぞ!?　まさか、君達がこの魔物を送り込んできたのか!?」

転移してきたウータとステラにも、槍が向けられる。

「えーと、僕達は怪しい者じゃないですよー。槍は痛いから向けないでくださーい」

「オールデンには結界が張ってあって、転移はできないはず……どうやって、転移してきたのだ！」

「怪しい奴め……捕まえろ！」

ウータが兵士を説得しようとするが、聞く耳を持たずに槍の切っ先が突きつけられる。

「えーと、こういう場合は……」

「う、ウータさん！　ダメですよ塵にしちゃ！」

「えー、やっぱりダメかな？」

「ダメに決まってます！　ここは大人しくしておきましょう！」

今回は完全にウータに非がある。

兵士を殺したら犯罪者だ。賢者に会うこともできずにお尋ね者になってしまう。

「大人しくしろ！　抵抗するな！」

「こっちの魔物について、そして、この町で転移魔法を使えたことについて話を聞かせてもらう！」

「えー、困るぅ……」

「だ、ダメです。ステイ！　ステイですよ、ウータさん！」

ウータとステラは抵抗することなく憲兵に捕まり、詰め所まで連行された。

◇　◇　◇

その後、ウータとステラは詰め所で取り調べを受けることになった。

隠すべきことはなにもない。そもそも、別に悪いことをしているわけではないのだ。

魔物を倒して、その死骸を町の中に運び込んだ……それだけのことである。

問題があるとすれば、都市の入口にある検問を通っていないことと、転移を使って城壁の内部に不法侵入したことについてである。

「だからさあ、パッとやってキュッだよ！　パッとやってニュッ！」

「いや、そんな説明でわかるか！　『キュッ』なのか『ニュッ』なのかハッキリしろ！」

ウータの必死の説明は、衛兵に一蹴されてしまう。

どうやって転移を封じる結界を破ったのか執拗《しつよう》に質問されたが、ウータにこれ以上の説明はできない。

ウータにしてみれば本当に特別なことをしたつもりはないのだ。

取り調べを受けているのはステラも一緒である。涙目になって、椅子に縮こまっていた。

「申し訳ありません。本当に悪いことをするつもりはなかったんです。出来心だったんです。ごめんなさい……」

「うん、それでどうやって結界を越えたのか教えてくれ」

「わからないんです。『パッとやってオリャッ』と言っていました」

「結局、『オリャッ』なのか⁉」

都市の中に侵入したことは悪いことだが……そこまで悪事であるかと聞かれたら、そうではない。

何故なら、転移で城壁を越えて中に入ってはいけないという法律はないからだ。

結界があるので、そもそも入れるわけがないとたかを括《くく》っていた部分が強かったのだが……禁止されていないことで罰されることはない。

ウータを殺そうとした国王は別として……少なくとも、知識人の集まりである『塔』の魔法使いが治める町では、そんな蛮行《ばんこう》はない。

魔物の死骸を持ち込んだことも罪ではないし、結界の穴を突いた転移の謎さえ解ければ釈放《しゃくほう》すると衛兵は言っていた。


「理屈じゃないものを説明するって大変だよねー」

「……今日は牢屋にお泊まりですか。昨日は立派な宿屋でしたのに」

ウータとステラは同じ牢屋に閉じこめられていた。

本来は男女で同じ牢屋ということはないのだが、知り合いだからという理由で特別待遇を受けたのだ。

食事も出されており、牢屋ではあっても居心地は悪くない。

ウータは出されたサンドイッチをハグハグと齧《かじ》っていた。

「ここにも転移封じがかけられているようですね……さすがは魔法都市です」

ステラが牢屋の壁に触れながら言う。

一見するとただの石牢だが、高度な魔法がかけられていて転移が封じられていた。

転移を封じられているだけではなく、表面に魔法を反射するコーティングもされており、脱出は容易ではない。

「これだけじゃちょっと足りないかな？　適当に買ってくるよ」

しかし、ウータは転移であっさりと外に出て、露店で売っている肉入りのスープを購入して戻ってきた。

城門の結界が通じなかったように、牢屋の壁にかけられた転移封じはウータに通用しない。

「その気になれば逃げられるけど……どうしよっか？」

「……どうしましょう」

牢屋からは出られる。

だが、その時点で罪人となってしまうため、賢者と会うことは叶わない。

魔法都市にやってきた目的は達成できなくなってしまう。

「こうなったら、最後の手段かな？　『塔』とやらにも転移で入っちゃおっか？」

「……やっぱり、そういう発想になっちゃいますよね」

ステラがため息を吐く。

ウータがそう言い出すことを予想していたのだ。

「ウータさんは穏便に賢者様とお話がしたいんですよね？　だったら、侵入は避けた方がいいと思いますけど」

「だけどさー、ここに閉じこめられたままじゃ会えないよ？　だったら、『塔』に入っちゃって、怒られたら謝ろうよ」

悪い事をする。怒られたら、謝る。

ウータらしい至極単純な発想であった。

「大丈夫、大丈夫。僕は土下座が上手いんだよ？　千花に怒られたらよくやるし。休みの日に一緒に出掛けたら許してくれるよ？　なんでかわからないけど、下着を買うのに付き合わされて、どれが似合うのか選ぶように言われるけど」

「千花さんが誰かは知りませんけど……そういう付き合い方はやめた方がいいと思いますよ。色々な意味で」

『塔』への侵入もやめた方がいいし、千花という女性との接し方も考え直した方がいい。

「『塔』には大勢の魔法使いが詰めていて、警備も町の中とは大違いなんです。『火の神殿』だって警戒しているほどの組織ですから、敵対はしない方がいいですよ」

ウータならば、仮に大勢の魔法使いに囲まれても勝利できるかもしれないが……誰も殺さず、穏便に済ませられるとは思えなかった。

賢者にたどり着くことはできても、多くの罪なき魔法使いを殺してしまうことになる可能性がある。

（ウータさんにはできれば、人を殺してほしくありません……）

『フレアの御手《フレア・フォース》』の同僚のような悪党ならばまだしも、罪のない人間をウータが殺《あや》めるところは見たくない。何故だか、ステラはそんなふうに思っていたのだ。

「うーん……賢者さんのことをどうするかはわからないけど、とりあえず外に出よっか？　お風呂入りたいよね？」

「いえ……そんな銭湯に行く感覚で脱獄《だつごく》してもらうと困るのだけど」

「へ？」

その声は外から聞こえてきた。

いつの間にか、牢屋の外に人がいたらしい。呆れたような女性の声である。

「誰かな？　お客さん？」

「……私が編み出した結界を越えて転移できる人がいると聞いて、会いに来たのよ。やっぱり、日本人だったのね」

「へ……？」

外にいた女性が鉄格子の隙間から顔を覗かせる。

その顔立ちはウータにとって馴染みがあるもの……黒髪黒目の女性だった。

「朽葉由紀奈《くちはゆきな》。あなたのお探しの賢者よ」

その女性は鉄格子越しにそんな挨拶をしてきた。

黒髪をショートカットにしている、三十歳前後に見える大人の女性だ。

賢者と呼ばれているようだが、着ているのはベージュのブラウスと黒のタイトスカート、白衣の上着であり、医者か研究者といった格好をしている。

「あなた達を釈放するわ……その代わり、色々と話を聞かせてもらえる？」

ウータとステラは牢屋から出され、朽葉の案内で『賢者の塔』まで連れて行かれた。


オールデンの中心にある『賢者の塔』は最先端の魔法研究施設であり、十階建ての建築物は国王が暮らしている城よりも大きい。

二人はエレベーターによって最上階まで通され、朽葉が使用している研究室へと入ることになった。

「適当に座ってもらえる？　すぐに飲み物を淹れるから」

「こ、ここが『塔』……」

「へえ、異世界なのにすごいね。テレビとかエアコンがあるよ」

研究室に置かれている椅子に座ったウータが驚いて目を見開いた。

ステラもまた不思議そうな顔をしており、部屋を見回している。

「動力は電気じゃなくて魔力だけどね……あっちの技術をここまで再現するのに百年以上もかかったわ」

二人の前にあるテーブルに白いコップが置かれた。

コップの中には黒い液体が入っている。

「こ、これはなんですか……飲み物、なんですよね……？」

「コーヒーよ。これもこの世界では見ないものよね」

「こ、こーひー……？」

ステラが恐々とした目でコーヒーを見下ろしている。

この世界では……少なくともファーブニル王国では、コーヒーは普及していない。

ステラはなかなか口を付けない。

炭を溶かしたようなその液体が人間の飲み物だと信じられないのだ。

「コーヒー豆を見つけるのに三年も南方のジャングルを彷徨《さまよ》ったのよ……これがないと、私は生きていけないからね」

遠い目をする朽葉に対し、ウータが訊ねる。

「ねえねえ、賢者のお姉さん。ミルクと砂糖はないのかな？」

「……あるわよ。私はブラックで飲むから使わないけどね」

ウータが無遠慮に要求すると、朽葉が面倒臭そうにそれぞれの容器を出す。

「ウ、ウータさんも飲むんですか？　それを？」

「飲むよー。ブラックじゃ飲めないけどねー」

ウータがコーヒーにミルクをなみなみと注ぎ、砂糖をスプーン五杯も入れる。

ステラが息を呑みつつ、ウータのマネをした。

「……甘党なのね。あなた達」

そんな二人に朽葉が呆れ顔になる。

こちらもブラックコーヒーの香りを楽しみつつ、口を付けていた。

「うん、美味しいよ」

「ど、独特の味わいですね……不思議と嫌いではないです」

ウータが穏やかに笑い、ステラがやや表情を強張《こわば》らせながらコーヒーを口にする。

三人が飲み物を半分ほど飲んで、落ち着いた頃合いになってから、朽葉が本題を切り出した。

「さて……間違っていたら申し訳ないけど、あなたは日本から召喚された勇者よね？」

「んー……？　日本から召喚されたのは当たっているけど、勇者じゃないよ。勇者は僕の友達だから」

「そう……やっぱり、また勇者召喚が行われたのね……」

朽葉がため息を吐き、コーヒーカップをテーブルに置いた。

「もう五百年になるかしら。私もかつて日本からこの世界に召喚されて、勇者と一緒に魔王を倒したのよ。元の世界に帰るためにね」

「へえ、でもこの世界にいるんだ。帰らなかったのかな？」

「そ、そもそも、どうして五百年前の人が生きているんでしょう……そっちの方が不思議ですけど……」

「えーと……ウータ君にステラちゃんと言ったわね。二人の質問に答えると、魔王を倒しても元の世界には帰れなかった。そして、不老不死になる魔法を使うことで年を取ることなく生きながらえているのよ」

朽葉がわずかに表情を歪めて、語り出した。

「五百年前、私と友人三人がこの世界に召喚された。当時は高校一年生だったわ。元の世界に帰りたければ魔王を倒せと言うから、四人で長い冒険を乗り越えて魔王を倒したのだけど……結局、元の世界には帰れなかった。魔王を倒せば元の世界に戻ることができるというのは嘘八百のデタラメだったのよ」

朽葉から語られた事実に、ウータは呆然としてしまう。

「嘘……やっぱり、そうなんだ」

正直、予想はしていた。

魔族にヘイトを向けさせるためにウータを城から追い出して、殺そうとした連中だ。

それくらいの嘘はつくだろう。

「国王から騙されていたことを知った私達は、独自に帰還する方法を探そうとしたんだけど……その過程で、この世界の真実を知ってしまったのよ」

朽葉は語る。憎悪を顔に浮かべて。

「魔王との戦いはマッチポンプだった。全て、この世界を支配している神々の手による遊戯《ゆうぎ》だったのよ」

「神々って……フレア様のような、ですか？」

ステラが恐る恐るといったふうに訊ねた。

元々、『フレアの御手《フレア・フォース》』という集団のメンバーだったステラにしてみれば、神という存在は気になる。

「女神フレア……私達の人生を弄んだ神の一人ね」

朽葉は苦々しげに、女神達について語り始めた。

「この世界には六大神と呼ばれる神々がいるわ。人間を生み出した火の女神フレア、エルフを生み出した風の女神エア、ドワーフを生み出した土の女神アース、マーマンを生み出した水の女神マリン、天使を生み出した光の女神ライト、そして……魔族を生み出した闇の女神ダークよ」

ウータとステラは朽葉の話を興味深そうに聞いている。

「彼女達が五百年周期で行っている遊戯……それが『魔王狩り』よ」

「………」

そこまで聞いて、ウータは少し考えるような仕草を見せた。

「闇の女神が生み出した魔王という存在が敵役となって、世界各地に災厄をもたらす。そして、他の火風水土の女神の眷属《けんぞく》が魔王に立ち向かう」

朽葉の語りぶりにはやはり憎しみが込められていた。彼女は説明を続ける。

「自分が生み出した種族を戦わせることもあれば、異世界から勇者と呼ばれる代理人を呼び出してぶつけることもあるわ。最終的にどの神の眷属が魔王を倒したかによって勝敗を付けるというルールのお遊び。私達はそれに巻き込まれたことになるわね」

「神様がそんなことを……」

ステラが顔を青ざめさせている。

かつて自分が信仰していた神が命を弄ぶような遊戯をしていたことが、受け入れられないのだ。

「えっと……光の女神、ライトだっけ？　その神様は話に出てこなかったけど、なにか関係あるのかな？」

ウータが気になったことを訊ねると、朽葉はすんなりと答える。

「光の女神は公平にゲームを運営するための審判。つまりはゲームマスターね。光の女神と闇の女神……どっちも女性なんだけど、この二人は夫婦なのよ。理屈はわからないけど……この二人の間に生まれたのが地水火風の四女神であるとされているわね」

「おお、女の人同士で子供を作るなんてすごい進んでるね！　ＬＥＤだね！」

「……ＬＧＢＴって言いたいのよね、たぶん」

マイペースなウータに、朽葉がツッコんだ。

わりと重めの話をしていたはずなのだが、どうしてこう緊張感がないのだろう？

「あれ？　五百年前の人なのにＬＧＢＴがわかるんだね。もしかして、時空を超越している系なのかな？」

ウータと同じく現代日本に生きていて、そこから五百年前のこの世界に召喚されたのだろうか？

ウータの問いに、朽葉はどこか呆れた表情で肩をすくめた。

「時空を超越しているし、アンチエイジングもしている系の美女よ……君、さっきの話を聞いていたわよね？　他に感想はないわけ？」

「まあ、神様だからそういうこともするんじゃない？　僕の知っている神様もわりと酷いことしているよ？」

「君が日本でどんな生活をしていたのか気になるわね……ともあれ、世界の真実を知った私と仲間達はどうにか帰る方法を探したのよ。『勇者』と『剣聖』は、女神フレアに直談判しに『火の神殿』へ行ったけど、帰ってこなかったわ。おそらくだけど、女神とその配下に殺されたのでしょうね」

朽葉が知的な顔立ちを憎悪に歪める。

「『聖女』だった友人は旅に出てそれっきりね。私は元の世界に帰る方法を探すために……そして、人類と世界を弄ぶ女神に対抗する手段を探すために、魔法の研究機関である『賢者の塔』を作ったのよ。信じられるごく少数にだけ世界の真実を話して、神を出し抜く方法を研究しているの」

「……賢者様は神に立ち向かうつもりなんですか？」

おずおずと訊ねるステラに、朽葉は即答する。

「そうよ。彼女達は人間を玩具のようにしか思っていない。世界を司っているとか言っているけど、実際には人を争わせたり、災害を引き起こしたりして遊んでいるだけ」

朽葉が立ち上がって、テレビのモニターを撫でる。

「魔法技術は日進月歩で進歩している。いずれ必ず、人類は神に追いつけると信じているわ」

「賢者様……」

「砂糖がもうない……」

ステラは堂々たる女性の姿に、奇妙な感動を覚えた。

ウータは空っぽになった砂糖の容器に、悲しそうに唇を噛んだ。

知ってしまった世界の真実。神と呼ばれる超次元存在の暗部。

二人がその意味を理解するよりも先に……「ズドン！」と『塔』の外から轟音が聞こえた。

「ッ……！　いったいなにが起こったの!?」

「ユキナ様、敵襲です！　城壁が破られました！」

研究者らしき男が部屋に飛び込んできた。

「敵襲……いったい、誰が……！」

「敵は火の紋章が入った僧服を着ている神官……『火の神殿』の僧兵が魔法都市に攻め込んできました！」

「…………！」

その報告に、部屋の中に冷たい緊張が走り抜けた。

「『火の神殿』が……どうして急に!?」

「わ、わかりません……神を出し抜こうとする研究が露見してしまったのかもしれません」

「クッ……あと少しで、神に立ち向かう手段が見つかったかもしれないのに……！」

朽葉が右手を握りしめて、壁を思いきり殴る。

そして、すぐさま部屋に置かれているテレビのモニターを起動させた。

そこに映っていたのは、都市の外縁部、つまりは城壁の光景だった。

「これは……！」

「わあ、真っ赤っか」

そこには凄惨《せいさん》な光景が広がっていた。

大勢の人間が倒れており、血まみれの肉塊《にくかい》となっている。

辺りには城壁の残骸であるガレキが散らばっていて、その向こう側に赤いローブを身にまとった者達が無数に立っていた。

『我らは神の使徒。偉大な火の神であらせられる女神フレアの使いである』

『この都市は神の定めし秩序に反していると判断した』

『同胞を殺めた邪悪な異教徒を匿っているという疑いもある』

『神罰を下す。神妙に首を差し出して慈悲を請《こ》うがいい』

『町もろとも滅ぼしてくれよう。天に唾《つば》を吐く愚者どもめ、懺悔せよ』

『懺悔せよ。懺悔せよ。懺悔せよ。懺悔せよ。懺悔せよ』

「勝手なことを……邪神の眷属め！」

朽葉が怒りの形相で吐き捨てる。

「奴らはいつもそうよ！　いつだって一方的に、相手の都合や事情など斟酌《かんしゃく》することなく『悪』と決めつける！　自分達が原因を作っておいて、責任を取ることなく被害者をゴミのように消し去ろうとする！」

「えっと……よくわからないけど、大変なことになってきたってことでいいんだよね？」

「……そういうことだと思います。ウータさん」

状況についていけてないウータがぼんやりと言い、ステラが顔を蒼白にして暴虐を映し出すモニターを指差した。

「『火の神殿』が持つ最高戦力……『フレアの御手《フレア・フォース》』がいます。No．3『青の火』、No．5『橙《だいだい》の火』、No．6『紫の火』。そして、リーダーである最強の神官。女神フレアの代行者であるNo．1『黒の火』まで」

「『フレアの御手《フレア・フォース》』ですって……まさか、あの殺し屋集団まで出てきたの!?」

朽葉が戦慄から唇を震わせる。

「『フレアの御手《フレア・フォース》』のメンバーは七人。そのうち四人が来ているということはかなり本気のようね……！」

「うーん、あの格好。どこかで見覚えがあるような……？」

「……ウータさんはやっぱり忘れているんですね。そうだと思いましたよ」

モニターを見て首を傾げるウータに対して、朽葉がキッ！　と強い眼差しを向けた。

「あなた達は結界を越えて転移ができるのよね？　それを使って逃げなさい！」

「別にいいけど……お姉さんはどうするのかな？」

「私はこの町を守る魔法使いとして、彼らを迎撃する。最低でも住民が避難するまでは彼らを抑えないと……！」

「ああ、そうなんだ。それじゃあ転移しちゃおうかな………アレ？」

ウータがふと研究室の片隅にある長方形の『それ』に気がついた。

銀色の金属のボックス……それはもしかして、日本ではおなじみのあの家電ではないだろうか。

「ねえねえ、アレって冷蔵庫だよね？」

「そうだけど……今する話では……」

「ちょっと見ていいかな⁉　いいや、見るよっ！」

「あ、ちょっと！」

ウータが朽葉の許可を取ることなく、勝手に冷蔵庫を開けた。

「これは……！」

「ウータさん、お行儀が悪いですよ。というか……そんな場合じゃないですって！」

「ステラ！　これこれ、チョコレートがあるよ！」

「ひゃあっ！」

ウータが興奮した様子でステラの腕を引く。

魔力で動いている銀色の冷蔵庫の中、そこには黒い粒状の菓子があったのである。

「ちょっと……そんなことしてる場合じゃないでしょうが！　早く逃げなさいよ！」

「お姉さん！　このチョコレートはなにっ!?　どこで手に入れたのっ！」

「ど、どこって……コーヒー豆と同じよ。南方の大陸で自生していたカカオを発見して持ち帰って、この『塔』の内部で栽培しているの」

「作ってるの!?　この『塔』の中で!?」

『賢者の塔』では様々な魔法が研究されているが、その一環として薬草なども生み出されている。

『塔』の内部に魔法によって生み出された温室があり、本来であればこの国では育たない植物を栽培しているのだ。

「カカオやコーヒー豆も一緒に育てているのだけど……いや、そんなことよりも避難しなさいよね！　私達は彼らを迎撃に行くから！」

朽葉が部屋から出ていってしまう。

『塔』の最上階にある研究室には、ウータとステラが残される。

「ウータさん、私達はこれからどうすれば……」

「うん、おっけ。了解したよ」

「ウータさん？」

ウータが冷蔵庫からチョコレートを取り出して、一粒を口に放り込む。

「アイツらはこの町を破壊しようとしている。『塔』も破壊しようとしている。せっかくのカカオが失われてしまう。つまりは敵ということだね！」

「今さらですか⁉　さては、賢者様の話を聞いてなかったんですね⁉」

見当違いな理由でテンションを上げているウータに、ステラがツッコむ。

お祭しの通り、ウータは『フレアの御手《フレア・フォース》』が攻め込んできた理由について、その動機やら背後関係がまるで理解できていなかった。

さらに言うと、『火の神殿』の者達がこうして攻め込んできた理由の一端に自分があるということも、まるでわかっていない。

会話が長いと、そもそも頭に入らないタイプなのである。

「僕、ＲＰＧ《ロールプレイングゲーム》を勘でやるタイプだから。ＮＰＣ《ノンプレイヤーキャラクター》のセリフは長いと聞いていられないし、あんまりバックボーンとか気にならないんだよね」

そう言い張るウータに、ステラが呆れたように返す。

「気にしてくださいよ。当事者ですよね？」

「僕が生きているのは、今この瞬間だから」

「いいように言わないでくださいよ！　それよりも……これから、どうするつもりで……」

「ちょっと行ってくるよ。とうっ」

「ウータさん⁉」

ウータは転移をして、研究室から魔法都市オールデンの城壁まで向かったのだった。


そこでは攻め込んできた神官と、駆けつけた魔法使いが睨み合っている。

そこには朽葉の姿もあり、戦端が開かれようかという最中に現れたウータに、目を見開いて驚いていた。

「あなた、どうしてここに……！」

「現れたな！　邪悪なる異教の神の信徒め！」

朽葉の声をかき消して叫んだのは、神官の先頭にいるローブ姿の男性だった。

背が高く、ローブから覗いた顔立ちは美麗そのもの。

ここが日本であったのなら、男性アイドルグループのセンターだって務まるであろうイケメンである。

「『赤』と『緑』、そして『白』を倒したくらいで調子に乗るなよ！　貴様の正体が異教の神の加護を受けた邪教徒であることはわかっている！」

その人物こそが『フレアの御手《フレア・フォース》』のリーダーである『黒の火』だった。

『黒の火』はウータに指を突きつけて、狡猾な悪魔に断罪の刃を突きつけるかのように言い放つ。

「楽に死ねると思うなよ、神敵め！　女神フレアの名の下、貴様に神罰をくだ……」

「話が長いよ」

「してく……っ」

ウータが転移して、『黒の火』の胸部に触れる。

その途端、『黒の火』が……女神フレアの腹心にして、大陸最強の魔法使いの一人である男の身体が塵に変わる。

「だからさ、僕ってばそういう話は耳に入らないんだって。お話があるなら簡潔に、百文字以内にしてもらえるかな？」

「き、貴様！」

「隊長！」

いきなりやられてしまった『火の神殿』の最高戦力。

そのあまりの呆気なさに、味方である神官から悲鳴が上がったのであった。

第五章　邪神降臨《こうりん》だよ

時はわずかに遡る。

女神フレア。火を司るとされているその女神は人間種族を生み出した存在であり、ファーブニル王国を始めとした人間諸国の大多数で信仰を集めている。

人間族はこの世界に住まう種族の中でもっとも数が多く、フレアを崇拝する人間もまた多い。

そのため、女神フレアは自らこそが世界の創造主である『光』と『闇』の女神に次ぐ、序列第三位の神であると確信していた。

「……あら、『赤』と『緑』がやられてしまったの？」

大陸最南端にある灼熱の国シャイターン王国にて。

『火の神殿』の総本山である大神殿の最奥で、一人の女性があからさまに眉をひそめた。

燃えるような赤い髪をアップにまとめ、踊り子のように露出の大きい服を着た、その女こそが女神フレアだ。

熟《う》れた肢体を惜しみなくさらした女神フレアの容姿は華麗そのもの。

たわわな乳房に大きな尻、ほっそりとした腰……あらゆる部位が男の目を引く、あまりに魅力的な身体つきをしている。

「あの二人がやられるなんてね……お気に入りだったのに残念だわあ」

などと言いながら、フレアが椅子の上で脚を組む。

「ああ……フレアさま……」

脚を組みかえて重心がずれたことが刺激になり、フレアが腰かけている椅子が呻く。

その椅子の正体は生きた人間の男。下着すら身につけていない全裸の成人男性だった。

フレアの周囲には彼以外にも裸の男達がいて、フレアの爪を磨いていたり、足を舐めていたり、敬愛する女神のために淫靡《いんび》な奉仕をしている。

「……『白』もです。女神フレアよ」

低い声で訂正したのはフレアの前に膝を突いている男性。

この部屋でただ一人服を着ているその男は『黒の火』というコードネームで呼ばれており、『フレアの御手《フレア・フォース》』という精鋭部隊のリーダーをしている人間だった。

「『白』？　ああ、あの女のことね。どうでもいいわ、どうせ新しいメンバーが入ったら処分する予定の奴隷の子でしょう？」

フレアが裸の男性が差し出したフルーツを齧って、嘲笑うように唇を吊り上げる。

『赤』は精悍で男前だから気に入ってたのよ。『緑』も生意気そうで可愛かったから好きだったわ。だけど……『白』はやっぱりどうでもいいわねえ」

フレアはそこで一度ため息を吐いてから、『白の火』――ステラについて吐き捨てるように言う。

「ちょっと珍しい能力を持っているようだから数合わせで入れてあげたけど、私の飼い犬に雌が近づくのは不快だったわ。どうやって嬲り殺してやろうと思っていたんだけど……残念ねえ。勝手に死んじゃうなんて」

「さようでございますか」

「だけど……誰が私の可愛いワンちゃんを殺したのかしら？　ねえ、『黒』。教えてくれない？」

「花散ウータという名前の異世界人と思われます。ファーブニル王国で行われた勇者召喚に巻き込まれた『無職』の人間のようです」

「『無職』が私のワンちゃんを殺した……ありえないでしょ」

フレアがわずかに不愉快そうに顔をしかめ、手に持っていたフルーツを床に投げる。

床に転がったフルーツの食べ残しに裸の男が群がり、犬のように貪《むさぼ》り食う。

「『魔王狩り』……五百年に一度のお祭り。お姉様達を出し抜いてやる絶好の機会に異物が紛れ込んだのは不愉快よねえ。そう思わない、『黒』」

「まことにその通りだと存じます。ご命令いただければ、『火の神殿』の全兵力をもってして、その男を滅殺して御覧に入れます」

「うーん、そうねえ……だけど、気になるわねえ……『赤』や『緑』を『無職』が殺しただなんて……」

フレアが何度も脚を組み替えながら、考え込む。

そもそも、勇者召喚に部外者が紛れ込むことがおかしいのだ。

あれは『魔王狩り』のために特別に作り上げた秘術。

『勇者』『賢者』『聖女』『剣聖』の適性がある四人以外が召喚されるはずがない。

もしも可能性があるとすれば、その花散ウータなる少年がフレアの力の及ばぬなにかを有している存在ということだ。

「……もしかすると、その少年は異界の神の加護を受けているのかもしれないわねえ」

「神ですか？　六大神以外の？」

「この世界の神は私達四人の姉妹とお父様とお母様だけよお。だけど、他所の世界には別の神がいるんじゃない？」

知らないけど……とフレアはつまらなそうに言って、床に落ちたフルーツを喰らっていた裸の男の頭部を掴んだ。

「ひあ……」

「不愉快ねえ。私達以外の神の加護を得ている人間がこの世界にいるだとか。まるで部屋に害虫が入ったみたいじゃない」

フレアが男の頭部を捻ると……スポンとコルクが抜けるような音がして、男の首が切断された。間欠泉のように血液が溢れ出るが、フレアは引っこ抜いた頭部を頭上に掲げて、したたり落ちる血をゴクゴクと飲む。

「プハアッ！　それで……その不快な異物は今どこにいるのかしらあ？」

『黒の火』は相変わらず膝を突いたまま答える。

「進路から推察するに、魔法都市オールデンに向かっているかと」

「オールデン……ああ、あの小生意気な賢者ちゃんが作った町ねえ」

フレアが血塗られた唇をニタリと歪める。

「あの娘も目障りだったのよねえ。前回の遊戯で魔王を倒してくれた功績で見逃してあげたけど……最近では、私よりも彼女のことを崇拝している人間もいるそうじゃない。異界の神の信徒と一緒に滅ぼしてしまいましょう」

「オールデンには一万人ほどの人口がいたと思いますが、住民はいかがいたしましょう」

「殺しなさい。見せしめよ」

フレアが迷うことなく断言する。

罪悪感など欠片もない。彼女は人間の命に塵芥《じんかい》ほどの価値も見出していないのだ。

「その異物、異界の神の力を授かっている可能性があるから、あなたにも保険をあげるわ。くれぐれも私の期待を裏切らないでねえ」

「もちろんです。我が女神よ」

フレアが差し出したルビーのような宝玉を受け取り、『黒の火』は動き出した。

残っている『御手』を全て引き連れて、神殿の精鋭部隊を従え……ファーブニル王国にある魔法都市を征伐するべく出陣したのである。

◇　◇　◇

時間は現在に戻って、魔法都市オールデンの城壁。

いきなりやってきたウータによって『火の神殿』の僧兵を率いていた『黒の火』が塵となって殺されたのだが――

「ウオオオオオオオオオオオオオオオッ！」

「わ、ビックリした」

パリンとガラスが割れるような音がした。

次の瞬間、ウータの力によって塵になっていた『黒の火』が元通りの姿に再生する。

時間を逆回しにしたように生き返った『黒の火』はウータを睨みつけながら、飛びのいた。

「よくも女神から授かった保険を……許さぬぞ、異教の神の信徒め！」

『黒の火』の足元にはバラバラになった赤い宝石が散らばっていた。

その宝石に宿っていたフレアの力によって、塵にされながらも復活したのだ。

「花散ウータ……『無職』のゴミクズがこれほどの力を持っているとは、やはり異教の神の加護を得ているな⁉」

「確かに僕は花散ウータだけど……何度聞いても、その『無職』っていうの人聞き悪いよね。せめて『学生』って呼んでくれないかな？」

「生まれてきたことを懺悔しながら死ぬがいい！　《漆黒なる破壊の火《デストロイ・ファイア》》！」

「わっ」

『黒の火』の掌から漆黒の炎が放たれた。

光すらも喰らいつくして全ての色を塗りつぶす色彩の炎が、ウータの身体を包み込んだ。

「我が炎は万物を燃やし尽くす『燃焼』の概念の火炎である！　水や金属、形なき精霊でさえも燃やし尽くすこの炎に焼けぬものなどなに一つない！」

「いやいやいや……勘弁してよね。痛いんだから」

「なあっ⁉」

しかし、その炎の中からウータが平然と現れた。

「服が焼けちゃったら困るって。この服はこっち世界で買ったのだけど、下着とかは日本製なんだから。この世界のパンツって、ゴワゴワしてて肌に合わないんだよねー」

「馬鹿な⁉　何故、生きている⁉」

『黒の火』が愕然とする。

漆黒の炎はあらゆるものを焼き尽くす火。どんな魔法でも防ぐことができない絶対死の魔法のはずだった。

「うーん、概念とか難しいことはわからないけどさ。結局、君の『炎』が燃やす力が強いのか、僕が周りの『空間』を焼けないように頑張る力が強いのか……そういうことでしょ？」

『黒の火』は目の前の現実が信じられず、ウータに問い詰めるように言う。

「貴様……いったい、どんな力を持っているというのだ⁉　それも異教の神の加護なのか⁉」

「加護とは違うかな？　別に、誰に貰った力ってわけでもないわけだから」

ウータの返答に、しびれを切らし『黒の火』が叫んだ。

「『紫』！　『橙』！」

「「ハッ！」」

『黒の火』の呼びかけに、背後の軍勢から二つの影が飛び出してきた。

『フレアの御手《フレア・フォース》』の残存メンバー……No．5『橙の火』、No．6『紫の火』の二人である。

フードをまとった二人はそれぞれオレンジとパープルの炎を掲げて、ウータにぶつけようとした。

「《純白なる浄化の火《イノセント・ファイア》》」

けれど、城壁の方角から放たれた真っ白な炎が二色の火をかき消して消滅させる。

「この力は……！」

「なんのつもりだ！　『白の火』！」

『橙の火』と『紫の火』が叫ぶ。

壊された城壁にいつの間にか駆けつけてきていたのは、元『フレアの御手《フレア・フォース》』のメンバーであるステラである。

「裏切ったのか、貴様！」

「……あなた達は最初から私のことなんて仲間と思っていなかったでしょう？　ずっと感じていましたよ……皆さんの殺気を」

かつての仲間に睨まれて、ステラは震える声で言う。

『フレアの御手《フレア・フォース》』に所属していたステラであったが、他のメンバーを仲間だと信頼できた日はなかった。

彼らとステラとの間には常に見えない壁のようなものがあり、いつ不必要と判断されて処分されてもおかしくはなかった。

「魔法を無効化できるだけの貴様になにができる！」

「裏切り者め……偉大なるフレア様の……」

「ちょっと、なに言ってるのかわかんないなあ」

「「あ……」」

ウータが『橙の火』と『紫の火』の顔をそれぞれ掴んで、力を発動させる。

二人が同時に塵になって、地面に散らばった。

「あ、こっちは再生しないんだね。もしかして僕の力がおかしくなっちゃったのかと思ったけど、たまたま不発だったのかな？」

「貴様……！」

『黒の火』が呻く。

精鋭部隊であるはずの二人が一瞬で消されてしまった。

「おいおい……調子に乗ってんじゃねえのよ」

「『青の火』！」

だが……『フレアの御手《フレア・フォース》』には『黒』以外にまだ一人残っている。

地面に落ちた影からローブ姿の男性が現れた。

『青の火』と呼ばれたその男が、無防備なステラの背中に銀色の刃を突き立てようとする。

「やらせるわけないでしょうが！」

「あん？」

ステラを救うために魔法を放ったのは、『賢者の塔』のリーダー、朽葉だった。

朽葉が放った水の刃が、奇襲をしかけた『青の火』を襲う。

『青の火』はステラへの攻撃を中断させて、その場から飛びのいた。

「『青の火』……あなたですか！」

ステラが襲撃者の名を呼んだ。

忌々《いまいま》しそうに眉をひそめて、かつての同胞を睨みつける。

「その人は『青の火』！　魔法も使えるし、剣術も使える『フレアの御手《フレア・フォース》』のNo．3です！　火属性と闇属性の複合魔法の使い手で、影に潜ったりもできます！　序列こそ三番目ですけど、戦闘能力はトップかもしれないくらい強いので気を付けてください！」

「おいおい……仮にも仲間だった奴の情報を漏らすとか、人の心がねえのかよ」

叫ぶステラに、『青の火』が鬱陶しそうに舌打ちをした。

ローブから顔を覗かせているのは、大柄で筋肉の付いたワイルド系の美男子である。

「そっちのおっかないガキは後回しにするとして……こちらも仕事しなくちゃいけねえんだよ。裏切り者の背信者の首だったら、手柄として十分だろう？」

「私がそれをやらせるとでも思っているのかしら？」

朽葉が杖を構えて、『青の火』を睨みつける。

「こう見えても、神に立ち向かうために研鑽《けんさん》を積んできたのよ。五百年の成果、あなたに見せてあげようかしら？」

「……私も手伝います。魔法の迎撃だったら任せてください！」

ステラと朽葉が並んで、『青の火』に立ち向かう。

「おいおい……二人がかりとか勘弁しろよな」

「ウータさん！　こっちは私達に任せてください！　あなたは『黒の火』を倒してください！」

「……とか言ってるけど、どうしよっか？」

ステラの言葉を聞いて、ウータが『黒の火』に顔を向ける。

「…………あれ？」

しかし、そこには『黒の火』はいなかった。

「『黒の火』様……？」

「なんだ、どこにいったんだ？」

指揮官を失った僧兵の部隊がザワザワと騒いで困惑している。

『フレアの御手《フレア・フォース》』に率いられてここに攻め込んできたのはいいものの、指示を出してくれる頭がいなくなってしまった。

「もしかして…………逃げた？」

ウータがつぶやく。

次第に、神殿側の兵士のざわめきが大きくなっていく。

乾いた風が戦場に吹き込み、壊れた城壁の残骸である砂塵が虚しく舞っていた。

◇　◇　◇

「おのれ……あの男、異教徒めが……！」

戦場からはるか南方にあるシャイターン王国。『火の神殿』の総本山である神殿にて。

床にうずくまり、『黒の火』が怨嗟の声を吐いた。

「聞いていないぞ……あんな怪物がいるだなんて……！」

『黒の火』の脳裏にはウータの顔が浮かんでいる。

女神フレアの話では、ウータは異世界の神の加護を授かっている可能性があった。

だが……『黒の火』の直感が、そんな予想を否定する。

「加護？　祝福？　違う。アレはそんな次元ではない……！　神の力を授かっているだけの人間があれほどの力を持っているものか……！」

話が違う……『黒の火』がうわ言のように何度もつぶやいた。

直接、戦ったからこそ理解できる。

ウータの持っている力は神の加護などではない。

そもそも、加護の力は『黒の火』を始めとした『フレアの御手《フレア・フォース》』……数合わせの『白の火』を除いた全員が授かっている。

同じように神の加護を持っているだけであれば、そう簡単に負けるわけがない。

「あの力……圧倒的なプレッシャーは、まるで……！」

「まるで……なにかしらあ？」

「ッ……！」

顔を上げると……そこには『黒の火』がもっとも敬い、同時に恐れている人物がいた。

「女神フレア様……」

フレアの気迫に押され、『黒の火』が名前を呼ぶと、フレアは無表情のまま首を傾げた。

「どうしてあなたがここにいるのかしら。魔法都市を殲滅しに行ったんじゃなかったの？」

「それは……」

「まさかと思うけど……転移で逃げ帰ってきたんじゃないわよね。私の命令を無視して」

「…………！」

『黒の火』の全身に鳥肌が立つ。

その通りだと口にすることもできず、両手を床について頭を下げる。

「……至急、女神フレアに報告するべきことがあって戻ってまいりました」

「聞いてあげるわ。言いなさい」

「花散ウータ……勇者召喚に紛れ込んだ『無職』の異世界人ですが、あの少年は人間ではありません。おそらく、人の形をした神魔の類《たぐい》かと存じます……！」

『黒の火』がローブの下で脂汗を流し、頭をフル回転させながら言葉を紡ぐ。

「へえ？」

「我ら『フレアの御手《フレア・フォース》』の手には余る存在です。場合によっては……他の神殿の手を借りて、全力で対処しなければいけない相手かと愚考いたします。そのことをお伝えするべく、こうして帰参いたしました……！」

この言葉は嘘ではない。

仮に『フレアの御手《フレア・フォース》』の七人全員が存命して立ち向かったとしても、『黒の火』には花散ウータという名の少年を殺せたとは思えなかった。

六大神が親征して誅殺《ちゅうさつ》をするか、『火』以外の他の神殿の戦力を借りる必要があると、彼は確信していた。

「ああ……なるほど。そういうことね。だったら仕方がないわよねえ」

「は、はい……！」

許された。安堵が『黒の火』の胸中に芽生える。

しかし、女神フレアの次のセリフによって背筋が凍る。

「だから、腕だけで許してあげるわねえ」

「ヒギッ……！」

『黒の火』の身体に激痛が走る。左右両側から。

いつの間にか、『黒の火』の両腕が肩から千切れており、フレアの手の中に移動していたのだ。

「う……ああああああアアアアアアアアアアアアアアッ！」

堪《こら》え切れない痛みに襲われ、『黒の火』がうずくまって絶叫する。

痛い痛い痛い痛い痛い痛い……激痛と共に、大量の血液が流れ落ちて床に広がっていく。

「私は『花散ウータを殺せ』、『オールデンを滅ぼせ』と命令したのよお。どんな理由があったにせよ、命令違反にはペナルティを与えなくっちゃ」

痛みに悶絶する『黒の火』を見下ろして、フレアが真っ赤なルージュで彩られた唇を限界まで開く。

白く鋭い八重歯で『黒の火』の両腕をガツガツと噛み砕いて、肉の欠片も残すことなく嚥下《えんげ》した。

「よかったわねえ、顔が残って。あなたの顔は私のお気に入りなのよ。だから残しておいてあげたの。私ってば本当にお人好しよねえ？」

「アアアア……ぐううううう……」

『黒の火』が痛みを堪えてどうにか身体を起こして、深く頷いた。

「や……やさしゅう、ございます……女神フレアの、御慈悲に……感謝を……」

「そう。私は慈悲深いのよお。だから、止血もしてあげるわあ」

「グウッ……！」

真っ赤な炎が肩の切断面を焼き、出血が止まる。

またしても激痛に襲われるが……今度はどうにか、絶叫を堪えることができた。

そんな反応に満足そうに頷いて、フレアがニタリと唇を吊り上げる。

「さて……それじゃあ、その男への対処を考えましょお。異界からやってきた異物、神魔の類《たぐい》なんて面倒だし、いっそお父様に丸投げをして……」

「うっわ……生臭い。なにこの部屋」

「………あ？」

フレアが眉をひそめた。

『黒の火』が驚いて、首を背後に巡らせる。

「掃除くらいしなよ。床、真っ赤っかだよ？」

暢気な口調でそんなことを言いながら……『火の神殿』の総本山、女神フレアの御許《みもと》である神殿の最奥にウータが現れた。

「き、貴様っ！　どうやってここに入ってきた⁉」

ありえない事態に、両腕を失った『黒の火』が引きつった声で叫ぶ。

転移の魔法を使用して拠点に逃げ帰ってきたというのに、どうして逃げる原因になった人物がここにいるのだろう。

「いや、なにか急にいなくなったから探しに来たんだよ。君の気配をたどったおかげで簡単に来られたんだけど、勝手に入ったらダメだったかな？」

「ダメに決まっているだろう⁉　ここをどこだと思っているのだ！」

「どこって……もしかしてここが地獄ってやつ？」

ウータは床や壁に飛び散った血液を見回して、首を傾げる。

床や柱が大理石で作られた荘厳な雰囲気の部屋であったが、『黒の火』の血によって台無しになっていた。

「貴様……！」

「人の神殿を地獄だなんて酷いわねえ」

フレアが見下げ果てたと言わんばかりの侮蔑の表情で舌打ちをした。

「低い鼻、薄い唇。明日には忘れてしまいそうな平凡な顔立ち……あなたみたいなブサイクをこの神殿に招いた覚えはないわ。消えなさあい」

「わっ！」

ウータの足元から青白い炎が溢れ出た。

高温により色が変わった炎がウータの身体を余すところなく焼き尽くす。

「ハア……どうして、こんな平凡な男に私の精鋭が負けたのかしらあ。信じられないわよ。まったく」

「本当に信じられないよね……もうじき受験なのに、僕ってばこんなところでなにやってんだろう？」

「ハア？」

フレアのひとりごとに予想外の返事がした。

炎が消えて、そこに無傷のウータの姿が現れる。

「……ちょっと、アンタ！　私が消えろって言ったのに、なんで生きているのよ！」

「なんでって……いや、僕にはアナタのお願いを聞く義理はないし」

「ああもうっ！　面倒臭い、鬱陶しい、顔が醜い！　イライラする、本当にイライラする！」

「わあっ」

フレアがまたしても炎を放つ。

先ほどよりもずっと高温の炎だ。

今度こそウータの身体が焼き尽くされようとして……すぐに鎮火する。

その光景を見て、フレアは間抜けな声を上げる。

「ハア？」

「いやいや、さすがにそれは熱いからやめてよね」

ウータがフレアの背後に転移して、肩に触れた。

フレアの右肩が塵になるが……彼女も一応は神である。

ウータの塵化は全身までは届かず、肉体のごく一部を塵にするのがやっとだった。

「わ、硬いなあ」

「ちょ……汚いわねえ！　なにを勝手に触ってるのよ！」

フレアが顔を歪めて、ウータが触れた肩を手で何度も払った。

「ああもうっ！　アンタみたいなブサイクが私に触れるなんてありえないんだけど……！　おまけに、身体を少し塵にされるし……本当になんなのよ！」

塵にされたフレアの右肩がすぐに再生する。

「うーん……やっぱり神様だなあ。わりと本当に強いじゃないか」

これまで、ウータはほとんどの敵を一撃で塵にして葬ってきた。

だが……フレアにはそれが通用しない。

この世界を管理している六柱の神の一人というのは伊達《だて》ではないようである。

「うーん、なんの対策もせずに来たのはまずかったかな？　一回帰って出直して……」

「させるわけがないでしょうがあ！」

「やっぱりそうだよね」

フレアがウータに向けて炎を放つ。

先ほどに負けず劣らず高熱であり、おまけに神の力が大量に込められていた。

ウータでさえも簡単に消すことはできない、直撃したら致命傷を免れないレベルの炎だ。

「わっ、わわわわわわっ！」

ウータが驚きながらも転移を使用して回避する。

この炎は神を殺せる。邪神であるウータだってひとたまりもない。

いっそのこと神殿の外へ……と行きたいところだが、なにかの力によって阻害されて外には出られない。

フレアはオールデンの町に張られていた結界よりも、数段格上の防壁を張っていた。

いかにウータが転移に長けていたとしても、抜け出ることは叶わない。

「うーん……これは本格的にまずいかもしれないなあ。ちょっと気合いを入れなくちゃ」

外に逃げられないのなら、戦う以外に道はない。

ウータはフレアの前方に転移して、整った顔面に拳を繰り出した。

「えいっ！」

「ガッ……！」

「塵になれパーンチ」

拳がヒットすると同時に塵化の力を使う。

フレアの顔面の一部が塵になるが、すぐに再生した。

「このっ……！」

「塵になれパーンチ、かけるさん」

「グッ、グッ、グッ……！」

一発、二発、三発と連続してパンチを叩き込む。

顔、胸、腹の三ヵ所が同時に塵となるが、またすぐに再生した。

「うーん……キリがないなあ。カワウソごっこってやつかな？」

それを言うなら、『イタチごっこ』である。

女神フレアは何発殴って塵にしても再生するので、キリがなかった。

「だけど僕はあきらめない。塵も積もれば山となる」

塵が積もれば山になるのであれば、反対に少しずつ崩していけば山だっていつかは塵になるはず。

そんな信念でウータはパシパシと連続攻撃を叩き込み、フレアの身体をどんどん塵にしていった。

「この……いい加減にしろドブカスがああああああああああああああっ！」

「わあっ」

フレアの身体から炎が溢れ出した。

高温の火を身にまとい、ウータからの攻撃を防ごうとする。

「塵になれパーンチ」

「ギャッ！」

けれど、ウータは構わず攻撃をした。

腕が炎に焼かれるが……それほどダメージにはならない。

「うん、やっぱりさっきの火よりもずっと弱いね」

先ほど、ウータを攻撃してきた炎には神を殺せるような威力が込められていた。

だが……身体を守るのにまとっている火にはそんな威力がない。

「さっきの炎……自分で喰らってもまずいってことだよね？　火の概念を司っているくせに、自分の炎で焼かれるなんて、神としての力はそれほどでもなさそうだね」

ウータはフレアを見て、目を細める。

「この世界だけで信仰されている神だっけ？　人々の信仰とか、自然に対する霊威から発生したアニミズム的な神様なのかな？　ニャル君やハス君、外なる神……高位の蕃神《ばんしん》連中よりはずっと弱そうだ」

「アアアアアアアアアアアアアッ！」

フレアの発する炎を回避しながら、ウータは塵になれパンチで彼女を削っていく。

その攻撃はフレアにとって致命傷になるようなものではなかったが、針でチクチクと刺されるような鬱陶しい痛みがあった。

フレアがいくら炎で攻撃しても、ウータは転移によって攻撃を回避してしまう。

「回避からの攻撃。ヒット、アンド、アウェーイ」

「クソガアアアアアアアアアアッ！」

ウータとフレアの戦いは一進一退だった。

ウータの攻撃はまともなダメージになっていないが、フレアの攻撃も命中しない。

一進一退……あるいは、不毛な泥仕合である。

「クソ、クソ、クソ、クソ……ブサイクな人間のくせにいいいいいいいいいいっ！」

叫ぶフレアであったが……ふと、壁際で震える男が目に留まる。

「ヒ、ヒイイイイイ……！」

フレアの腹心である『黒の火』が壁際まで逃げており、怯えて縮こまっていたのだ。

「フハッ！　アハハハッ！」

フレアがニチャリと笑って、『黒の火』に手をかざす。

「へ……」

「呑み込め、炎」

「ひ……ギャアアアアアアアアアアアアッ！」

『黒の火』が掃除機で吸い込まれるようにフレアに引き寄せられ、彼女がまとっている炎の中に取り込まれる。

ウータは困惑ながら訊ねる。

「へ……なにやってるのかな？」

「此奴《こやつ》だけでは足りないわねえ。もっと寄こせ！　もっと喰らえ！」

フレアが念じると、『火の神殿』の総本山……女神フレアの信仰のお膝元であるその場所にいた全ての人間が、フレアに引き寄せられる。

壁を砕き、天井を破り、部屋の中に引きずり込まれ、フレアの火に吸収されていった。

「「「「うわあああああああああああああああっ！」」」」

「ハハハハハハ！　アハハハハハハハハッ！　満ちる、力が満ちるわあっ！」

フレアの力が爆発的に増加していく。

神の中には人々の信仰を集めることによって力を得る者がおり、フレアもまさにそんな神の一人だった。

信者から祈りを集めることによって、力を得ている神なのだ。

「……自分の信者を強制的に生《い》け贄《にえ》にして、魂ごと力に変えたのか。酷いことするね」

それは信仰に依存している神にとって、ある種の自殺行為だった。

自分の手足を千切って食べて、力に変えるがごとく自暴自棄な行動である。

「無茶するなあ。その人達、君の身内じゃなかったの？」

「人間なんて放っておいたって増えるでしょ？　気にする必要なんてないわ」

フレアは平然と言い、豊満なバストをグイッと突き出した。

「アンタが何者なのかは知らないけれど……これ以上、平々凡々なブサイクに私の城を好きにされるのは不愉快よ……魂の一欠片も残さずに消滅しなさい！」

得意げに言って、フレアが炎を放ってくる。

黄金色に輝くその炎は回避不可能、防御不可能の必中必殺の一撃だった。

「あ、これダメだ」

短いつぶやきと共にウータは黄金色の炎に呑み込まれていき、塵の一粒も残すことなく消滅した。

◇　◇　◇

「フン……他愛もないわねえ。終わってみたら、取るに足らない雑魚じゃないの」

侵入者である花散ウータを欠片も残さずに焼き尽くし、女神フレアは鬱陶しそうに鼻を鳴らす。

世界を治める六人の神の、自称序列三位であるフレア。

拳で顔を殴るなどの蛮行に及んだ男も、本気を出せば一撃だった。

「あのブサイクがどんな力を持っていたかは知らないけど……楽勝だったわね」

実際には、そこまで楽勝だったわけではない。

『火の神殿』の精鋭部隊である『フレアの御手《フレア・フォース》』はほぼ全滅。

フレア自身も切り札である『信者喰い』を使わされてしまった。

おかげで、『火の神殿』の総本山にいた信者は一人残らずいなくなっている。

次を集めてくるまで、フレアの身の回りの世話をする人間はいなくなってしまった。

「……どうせ下等な人間ではあるけれど、厳選して集めてきたイケメンを失ったのは痛いわね。どこから紛れ込んだ異物なのかは知らないけど、余計なことをしてくれたわ」

フレアは、神である自分に触れることができたのだから、花散ウータという少年は人間ではなく、下級の神か眷属だったのだろうと、自分を納得させた。

本来であれば出自を問い詰め、フレアの上位の神である『光』と『闇』の女神に報告するべき事案である。

「……どうでもいいわね」

だが……フレアはウータのことを他の神々に報告する手間を惜しんだ。

自分のお膝元である神殿で『異物』が暴れて、身の回りの世話をしていた信者を全員食べる必要があっただなんて恥である。

他の女神達に知られようものなら、確実に馬鹿にされる。序列三位（自称）というフレアの地位が危ぶまれてしまう。

「あーあ……またどこからかイケメンを攫ってきて洗脳しないと……面倒臭いわねえ」

この被害は今回の『魔王狩り』にも大きく影響し、ひょっとしたら、姉達に出し抜かれてしまう可能性もある。

たった一人の異物にいいようにされて敗北するなんて、腸《はらわた》が煮えくり返ってしまいそうだ。

「もう、どうでもいいわ……寝よ」

フレアはとりあえずふて寝をしようとしてクッションを探すが、先ほどの戦闘により焼けてしまっていた。

また大きく舌打ちをして、空中に浮かんで眠ろうとするフレアだったが……

「………え？」

ふと、感じるものがあって周囲を見回す。

ピシャリとガラスがひび割れるような音が鳴った。

なにか……小さな小さな力の残滓《ざんし》が弾けたような気がする。

けれど、周囲を見てもなにもいない。誰もいない。神殿にいるのはフレア一人だけだった。

「……なによ。気のせいなの？」

眉根を寄せるフレアであったが……すぐにまたピシャリと音が鳴る。

今度は一回ではない。あちこちから、四方八方から奇怪なラップ音が聞こえてきた。

まるで見えない幽霊が、歪で不快なセッションをしているかのように。

「ちょ……なによ！　なにが起こってるのよ!?」

たまらず、フレアが叫んだ。

癇癪《かんしゃく》を起こし、周囲に炎を撒き散らして攻撃するが……手応えは一切ない。

「誰かいるの！　姿を見せなさい！」

『見せてもいいのかな？』

「…………！」

『見せてもいいのなら……出ちゃおうかな？』

空間が割れ、なにもない場所に生じた切れ目から青白い光が差し込んで柱のようになり、そこから得体の知れないなにかがぬるりと這い出してきた。

「ッ…………!?」

降りそそぐ光の柱の内部。

そこに在った『ソレ』は、幼い子供のような人型だった。

全身が枯れ果ててミイラのようになっており、千年以上も遺跡の奥深くに埋葬《まいそう》されていたように乾いている。

黒ずんだ体色は生きた人間のものであるとは思えない。『死人色』とでも譬《たと》えるしかないような不気味な色彩をしている。

「あ、ああ……あああ……」

生理的嫌悪が込み上げてくる以上に正体不明の衝動に襲われる。

口元からゆっくりと吐き出される息によって空気が凍りつき、フレアは体内に液体窒素を注入されたかのような寒気を覚えた。

目の前のなにかを見たくはない。それなのに目を離すことができない。

いっそのこと……己の眼球を抉りだしてしまえたら、どれほど安堵することだろう。

(なによ……これ……どうして、私が震えているの……?)

その感情の名は……恐怖。

神という上位者としてこの世界に生を受けて、一度として感じたことのない感情に、フレアはひたすらに困惑した。

(これは、ダメだ……だめ……いてはダメ……)

本能的に理解する。目の前の存在が世界に存在してはいけない冒瀆《ぼうとく》的なものであると。

決して出会ってはいけないもの。フレアが神であったとしても、遭遇してはならぬ超常的な存在に違いない。

『ただいま、世界』

今、戻ったよ……その存在が嗤《わら》う。

全盛期の力を取り戻し、完全体となった邪神が世界を嘲笑う。

塵を踏むもの。

不死なる時空神。

生と死の超越者。

大いなる旧《ふる》き支配者が一柱。

邪神カーチル＝ウータスの降臨である。

『頭が高いよ、下級神』

「ッ……！」

邪神が乾いた唇で言葉を紡いだ途端、フレアの膝が折れる。

思考するよりも先に自然と床に跪《ひざまず》いており、邪神に向かって深く首を垂れていた。

「ば、馬鹿な……世界を治める六大神であるこの私が……！」

『こんな月ほどの大きさもない小さな星を管理しているくらいで、なにを調子に乗っているのかな？　僕と肩を並べようなんて一万年早いよ』

邪神が嗤う。その笑声の一つ一つがフレアを恐怖のどん底に陥《おとし》いれる。

優しい両親以外で出会った初めての上位者を前にして、息が詰まって呼吸を忘れる。

呼吸困難を起こしそうになってから、フレアはそもそも自分が呼吸する必要のない存在であると思い至る。

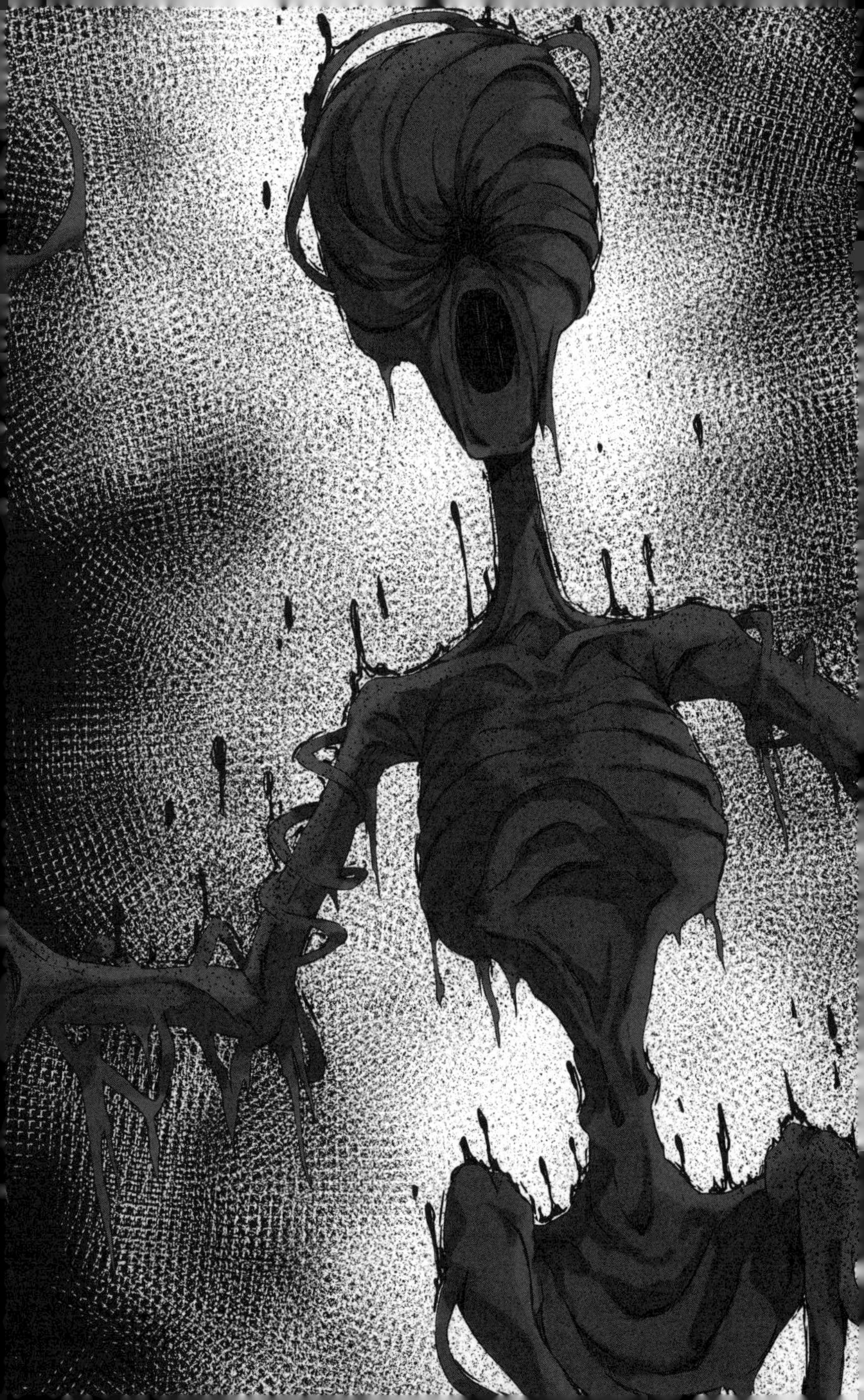

一挙手一投足、指先を動かしただけの行動が死に至る……そんな確信があった。

（無理……勝てない……）

フレアは目の前の存在と争うことを早々に放棄する。

父なる『闇』の女神、母なる『光』の女神であったならばまだしも、フレアに勝てる相手ではないと理解してしまった。

「こ、これは異界の神よ。本日はいかなる理由で……」

『塵となれ』

「ヒギャアッ⁉」

跪いていたフレアの手足が塵になる。まるで最初からそうであったかのようにあっさり手足を失ってしまい、フレアはイモムシのように床を這うことになった。

「ぐう……うううううううっ……」

フレアは四肢を復元させようとするが……できない。

再生自体は上手くいっているのだが、邪神が手足を塵にする速度の方が速いのだ。

「何故……このようなことを……！」

『別に理由はないよ』

「……理由が……ない……！」

『理由はないけど、まあ、気まぐれかな。自分が強いって思っている強気な女の人が地べたを這っているのっていいよね。イケナイ性癖に目覚めちゃいそうだよ』

ケラケラと、愉快そうに子供のミイラがフレアを見下ろしている。

『別に怒っちゃいないよ。あるべき形に戻っただけ。誰が悪いわけじゃない』

「……ならば……慈悲を……」

『君が人を殺したことも怒ってない。ステラを利用したことも、あの町を滅ぼそうとしたことも、ここで大勢の人間を喰ったことも、僕を殺したことですら腹を立てていない。神様というのはそういう存在。理不尽であるものだから』

「…………！」

暗い眼窩《がんか》の奥に光が宿った。

どこまでも深く、それでいて強い暗黒星のごとき光である。

『だから……僕も理不尽に君を殺すね』

「う、あ……ああ……」

『神とは理不尽なものである。人を弄び、弱者を踏みにじっても許される上位者である……それがこの世界のルールなんだろう？　だから好き勝手にやってたんだろう？　だから、僕もそのルールに則って、理不尽を君にもたらすよ』

「ま……」

『サヨウナラ』

待って。殺さないで。死にたくない。

そんな身勝手な命乞《いのちご》いを吐こうとしたところで、フレアの全身が完全に塵になった。

絶叫を上げることすらも許されずに……世界を管理していたはずの六大神の一角が塵芥のように散ったのであった。

◇　◇　◇

『フフフフフ、アハハハハハハハハッ！』

完全体となったウータが嗤う。

花散ウータは命を落として、代わりに一柱の邪神が目を覚ました。

不死なる時空神、大いなる旧き支配者の復活により、その世界に生きる人間達の命は風前の灯火となる。

ありとあらゆる命がいつ、何時、塵に変えられてもおかしくはない。

そんな暗黒時代が到来したのであった。

「なんちゃってね」

塵となった火の女神フレアを踏みつけて、ウータはのんびりと両手を天井に向けて伸ばした。

「ふいー、久しぶりに邪神になったから疲れたよー。帰って甘いものを食べたいね」

一度は邪神として覚醒したはずのウータであったが……すぐに人間、花散ウータの姿に戻った。

本来、ウータという器を破って邪神として覚醒してしまえば、もう二度と人間には戻れない……

ウータはそう思っていた。

けれど、ウータは人間として生き返っていた。

その理由は、ウータの手に握られている赤い水晶玉である。

「女神フレアの命。神としての核。これのおかげで復活することができたよー」

その赤い水晶は女神フレアの核。フレアを塵にしたことで入手することができたのだ。

火というのは破壊の象徴であると同時に、再生や復活を象徴する存在でもある。

実際、フレアから加護を与えられた『黒の火』は、ウータに塵にされながらも生き返っていた。

ウータはフレアの核に込められた力を使って己の身体を再構築して、再び人間として受肉することに成功したのである。

「これにて、一件落着……なんてね」

ウータはご機嫌な様子で手の中の水晶を弄ぶ。

この水晶さえあれば、女神フレアを蘇らせることもできるだろう。

だが……もちろん、そんなことはしない。

ウータは大きく口を開けて、水晶玉を口に放り込んだ。

バリボリと音を立てて噛み砕くと、ウータの口の中で「ギャアアアアアアアッ！」と絶叫が響く。

そんなものは無視して呑み込むと、フレアの神力が完全にウータに吸収された。

「うん、いいね。スパイシーチキンの風味」

満足げに頷くウータであったが……その肉体、邪神ではなく『花散ウータ』としての身体が大きく強化されていた。

フレアの力を取り込んで器を補強することで、肉体の強度を飛躍的に向上させたのである。

「こうやって身体を強くしていけば、ウータのままで邪神の力を百パーセント使うことができそうだね」

本来のウータは不死なる時空神。

あらゆる世界の壁を越えて降臨し、ありとあらゆる物質に時間の負荷を与えて塵に変えることができる能力があった。

しかし、人間の器に入った状態ではその力を一割も使えない。

本来の力があれば幼馴染を連れて元の世界に帰ることも簡単だったが、邪神に戻ることはウータの身体を失うことだったため、その選択はしなかった。

しかし、今回のことで元の世界に戻る方法が見えてきた。

フレアのような神を捕食することで『器』を強化して、ウータのままでも邪神の力を行使できるようになればいいのだ。

「六大神だったっけ？　都合のいいごはんがいるみたいだね」

火の女神フレア。

水の女神マリン。

土の女神アース。

風の女神エア。

光の女神ライト。

闇の女神ダーク。

それら全てを食べて器の力を強化すれば、完全な力を取り戻すことができるはず。

時空を超えて日本に戻ることも、幼馴染達を助けることもできるに違いない。

「目標が決まったね。この世界の女神様……全員、食べちゃうよ！」

ウータはまるで晩御飯のおかずでも決めたような気軽さで、そんなことを宣言した。

フレアが欠けて、残り五柱となった六大神。

彼女達はまだ知らない。自分達の命を狙う、自分達を捕食しようとしている天敵が生まれてしまったことに。

もしもフレアがウータのことをすぐに他の神に報告していたのであれば……あるいは、どうにかなったのかもしれないのに。

花散ウータという捕食者の存在を知らないまま、女神達は世界のどこかで『魔王狩り』などというくだらない遊戯に興じていたのであった。

◇　◇　◇

「ただいまー」

「あ、ウータさん！　どこに行ってたんですか⁉」

ウータが転移して、魔法都市オールデンの城壁前まで戻ってきた。

すでに戦いは終了しており、戦闘の後始末が行われているところだった。

「ちょっとそこまでね」

「そこまでって……もう、勝手なんですから」

ステラが怒りながらも、どこか安堵したように胸に手を当てる。

『火の神殿』と魔法都市との戦いであったが……終わってみたら、魔法都市の圧勝という形で幕を下ろした。

戦いの始まりこそ『火の神殿』の不意打ちにより、魔法都市の城壁の一部が破壊。そこを守っていた兵士が大勢命を落としてしまった。

しかし、駆けつけたウータが『フレアの御手《フレア・フォース》』の『橙』と『紫』を瞬殺。指揮官である『黒』が転移によって逃走してしまい、神殿側の軍隊は瓦解《がかい》。

一部の狂信者が死ぬまで戦いはしたが、多くの兵士は武器を捨てて投降していた。

「それで……その人、誰だっけ？」

「誰かー、助けてくれー」

ステラすぐ傍には、縄で縛られた男が転がっている。

三十前後の男性で精悍な顔立ちをした彼は『青の火』、『フレアの御手《フレア・フォース》』の最後の一人だった。

「……私の元同僚です。あっさり降参して捕まってくれました」

ステラが縛られている男を見下ろして、ため息を吐く。

影からの不意打ちでステラを殺害しようとした『青の火』であったが、それは朽葉の介入により失敗している。

その後、ステラと朽葉の二人と戦うことになった『青の火』であったが……自分の不利を見るや、あっさりと戦いを放棄して降伏した。

「……昔から、なにを考えているのかわからない人でした。今もですけど」

「おいおい、ステラちゃーん。そりゃあねえぜ。昔の仲間なんだから仲良くしよーぜー」

「…………」

ステラが不愉快そうに『青の火』から視線を背けた。

よくわからないが……神殿側に捕虜《ほりょ》がいるのは都合がいい。

ウータは『青の火』の傍にしゃがみこんで、聞きたいことを訊ねる。

「ねえねえ、お兄さん。六大神ってどこにいるのか知ってる？」

「あん？　なんだよ、急に」

「ちょっと事情があってさ。その人達にどうにかして会いたいんだけど……どこに行ったら会えるのかな？」

「……ウチの大将、女神フレアだったら、シャイターン王国の大神殿にいるぜ」

「その人のことはもういいから。他の人は？」

「…………」

『青の火』が一瞬だけ目を細めるが、ウータは男の変化に気がつかない。

「……ここから一番近いのは西の隣国であるウォーターランド王国だ。水の女神マリンを祀っている神殿がある」

「ウォーターランド王国に水の女神……うん、わかりやすくていいね」

「今から二週間後、ウォーターランド王国の王都で女神を祀る祭りがある。そこに顔を見せるはずだ」

「なるほどねー。ありがとう、助かったよ」

「俺からも質問、いいかい？」

「なにかな？」

ウータが首を傾げると……『青の火』がニチャリと唇を歪めて問う。

「お前……女神フレアを殺しただろ？」

「え……？」

驚きの声を発したのは、近くで会話を聞いていたステラである。

目を見開いて、ウータの顔を見た。

「うん、殺したよー。どうしてわかったのかな？」

ウータがなんでもないことのように答えた。

あっけらかんとして明かされた事実に『青の火』が「マジかよ……」と表情を歪める。

「なにかな、そのリアクションは。知ってたんじゃないの？」

「……カマをかけただけだったんだけどな。まさか、本当に女神を殺《や》っちまったなんて思わなかったよ」

『青の火』が上半身をバネのようにして、縛られたまま起き上がる。

「俺の身体に宿っていたはずの女神の加護が消えた……なにかあったんだろうとは思っていたが、まさか本当にフレアが死んだのか。どうやって殺したんだ？」

「塵にしただけだよ。いつもとおんなじ」

「同じねえ……ちなみに、アンタの名前は？」

「ウータだよ。花散ウータ。『無職』じゃなくて学生ね」

「黒髪黒目、賢者ユキナと似た容姿だな。ファーブニル王国が勇者召喚を行っているはずだが……もしかして、お前も異世界から召喚された人間なのか？」

「ちょっと待ってください！　どうして、そんな矢継ぎ早に質問をしてくるんですか？」

ステラが二人の間に割って入ってくる。

「まるで情報収集をするみたいに……いったい、なにを企んでいるんですか？」

「なにを……ねえ。まあ、こういうこった」

「えっ……⁉」

シュルリと縄が一瞬で解ける。

拘束から逃れた『青の火』が飛び跳ねて足元の影に潜り込んだ。

「そんな……！　そのロープには魔法無効化をかけておいたのに……！」

「縄抜けは魔法じゃない。ただの大道芸の特技だよ」

「ッ……！」

影の中から『青の火』の声が聞こえてくる。

けれど、影の世界には手を出せない。仮に魔法無効化を使用したとしても手遅れだろう。

「女神を殺すことができる人間……高く売れそうな情報だぜ。いつでも縄抜けで逃げることはできたんだが、あえて留まっておいた甲斐があった！」

「クッ……まさか……！」

「この情報は他の神殿に売らせてもらうぜ……じゃあな、また会おう！」

「えいっ」

影に潜んだまま逃げようとする『青の火』であったが……ウータが影の中に手を突っ込んで、猫の子を持つように首の後ろを掴んで引っ張り出す。

「へ……？」

「あ、出てきた」

「なあっ!?　いや、嘘だろ!?　影の世界には誰も干渉することはできない！　女神フレアでさえ手出しできない亜空間のはずなのに……！」

「いや、ちょっとなにを言ってるのかわからない」

「待て待てっ！　さっきのは悪かった。俺も調子に乗ってたというか誤解を……」

「塵になれ」

ウータが力を発動させる。『青の火』が塵になり、地面に散らばった。

「……あのまま、大人しく捕まっていればよかったのに」

ステラが同情した様子でつぶやいた。

逃げなければ、あるいは『情報を流す』などと負け惜しみのようなことを口にしなければ、殺されることもなかったものを。

雉《きじ》も鳴かずば撃たれまい……調子に乗ったおしゃべり男の末路である。

その後……戦後処理もそこそこにして、ウータとステラは『賢者の塔』に連れてこられた。

再び研究室を訪れた二人に向かって、朽葉が頭を下げる。

「フウ……まずはお礼を言わないといけないわね。ありがとう、あなた達のおかげで『火の神殿』

を撃退することができたわ」

　朽葉が疲れ切った様子で言う。

「壊れた城門の修復、死んでしまった人達の家族へのケア、それに今後の『火の神殿』への対応……やらなくちゃいけないことは山積みだけど、とりあえずは最悪のケースは避けられたわ。あなた達のおかげね」

「そんな……ウータさんはともかく、私はお礼を言われる立場じゃありません……」

　ステラが恐縮した様子で縮こまる。かつては『フレアの御手《フレア・フォース》』のメンバーだったステラとしては、感謝をされた方がかえって気まずかった。

「ああ、あなたは彼らの仲間だったのね。だけど、完全に手を切ったから私達に手を貸してくれたんでしょう？　だったら、恩人と変わりないわ」

　ウータはそんな話を聞いておらず、お茶と一緒に出されたチョコレートを一心不乱になって食べている。

「『火の神殿』は……この世界の神達は、昔からそうなのよ。平気で人間を殺して、人の生活を壊すことをなんとも思っていない。だから、『魔王狩り』なんて命がけのゲームを行うことができるんだわ」

　多くの人間は知らないことだが、この世界において、神とは必ずしも人間の味方ではない。

気に入った人間、自分を深く信仰している人間に対しては寛大に振る舞うことはあるが、それ以外の人間に対しては残虐で無慈悲。

村や町を焼いたり、人間同士を殺し合わせたりなども珍しくはない。

「今回の一件で『賢者の塔』は『火の神殿』と完全に決別した。私は神を殺す研究を完成させて、女神フレアを殺して見せる……！」

神を殺す。仲間の仇を討つ。人間である朽葉が『神殺し』を断言した。

賢者として五百年を生きている朽葉が、神やその信徒と全面対決することを決意する。

「賢者様……」

「あなた達はこの国から離れた方がいいわ。『フレアの御手《フレア・フォース》』を殺した花散君に、裏切り者のステラさん……二人は最優先で命を狙われるはずだから。女神フレアの手の届かない、人間種族以外の国に行くのがいいわね。この世界に神の手の届かない場所は少ないけれど、ここにいるよりはマシなはずだから」

「えっと……？」

ステラが困った様子で、ウータと朽葉の間で視線を彷徨《さまよ》わせる。

先ほど、『青の火』との会話でウータは言っていた……『女神フレアを殺した』と。

いくら強くても人間でしかないウータにそんなことが可能であるかは不明だが、間違いなくそう口にしていた。

（さっきのアレ、朽葉さんに教えた方がいいんでしょうか？　いえ、でも女神を殺すだなんて本当かどうかもわかりませんし……？）

『青の火』は女神の加護が消えたことでそれを知ったようだが、ステラは『フレアの御手《フレア・フォース》』であった頃にも加護は受けていない。

女神フレアは男好きだ。女であり、一時的な数合わせでしかなかったステラは冷遇されていたのである。

（ウータさんは黙ってますし、これは話さない方がいいんですよね……）

ステラがウータに目をやると、彼はいまだチョコレートに夢中になっていた。

「が、頑張ってください。とりあえず、私とウータさんはこの国を出ます」

ステラが頭をひねりながらそう言うと、朽葉は「それがいいわ」と穏やかに笑った。

「いずれ私は元の世界に帰る方法だって見つけてみせる。無事に研究が果たされたら、あなたにも知らせるわね」

「べふにひひよー？　ぼふはもう、はえるほーほーをみひゅけひゃかりゃ」

「食べながらしゃべるんじゃないの……久しぶりに日本人と会えて嬉しかったわ。どうか、元気で」

「はよならー、あにゃたもへんきでー」

「賢者様もどうかお元気で、色々とお世話になりました……」

ウータとステラは餞別《せんべつ》としていくらかの金銭と食料、コーヒーやチョコレートなどの嗜好品《しこうひん》を受け取って魔法都市オールデンを後にした。

自分と同じ日本人と遭遇することになったウータであったが……彼にとって、朽葉という女性は、お菓子を分けてくれた優しいお姉さんという程度の認識でしかない。

チョコレートに夢中になっていたために会話にもついていけておらず、すでに女神フレアがこの世に存在しないことも伝えそびれてしまったのである。


かくして、物語の舞台は水の国『ウォーターランド王国』へ。

この世界にいる六大神を喰らいつくし、邪神としての力を取り戻して日本へ帰るため。

水の女神マリンを探すべく、二人は『マーマン』と呼ばれる種族が治める国へと向かっていったのであった。

エピローグ　幼馴染の苦悩

ウータがウォーターランド王国を目指している一方。

ファーブニル王国の王城では、『勇者』である南雲竜哉が剣を振るっていた。

「ハアッ！」

「グッ……お見事！」

対戦相手の手から剣が離れて、宙を舞う。

尻もちをついた中年騎士が竜哉の勝利を褒《は》め称《たた》えた。

「まさか、剣術を習って一ヵ月足らずで超えられてしまうとは……さすがは勇者様、お見事でございます！」

「騎士団長の教え方がいいんですよ、ありがとうございました」

礼を言いながら、竜哉が手を差し出して対戦相手……ファーブニル王国における騎士団長である男を助け起こす。

二人がいる場所は王城にある騎士団の鍛錬場《たんれんじょう》だった。

勇者としてこの国に召喚された竜哉は、魔族と戦うため、戦闘訓練を受けている。

訓練を始めて一ヵ月。すでに国で一番の剣士である騎士団長を超えており、勇者としての才能を遺憾《いかん》なく発揮していた。

「いえいえ……本当にお見事ですよ。勇者様にも、剣聖様にも、心より感服いたします」

立ち上がった騎士団長が額の汗をぬぐって、勇者とその仲間を称賛《しょうさん》する。

『剣聖』というのは竜哉の幼馴染である北川千花のことである。

日本にいた頃はバスケ部のキャプテンだった千花は類《たぐい》まれな運動神経の持ち主であり、魔法なしの剣術勝負であれば竜哉だって勝てないだろう。

千花もまた少し離れた場所で、複数の騎士を相手にして模擬戦をしている。

「ヤアッ！」

「グワアッ！」

千花が茶色のポニーテールを揺らしながら剣を振るう。

彼女を囲むようにして立っていた騎士達が次々と吹き飛ばされ、地面に倒れた。

「クッ……なんという速さだ！」

「相手は一人だぞ！　一本も取れずに全滅してたまるか！」

千花と戦っているのは、城を守っている十人の近衛騎士だ。

この国における最高戦力である彼らが、千花に剣先を掠《かす》らせることも倒されていく。

彼らが弱いのではない。千花が強く、速過ぎるのだ。

騎士も根性を見せてどうにか一矢報いようとするが、結局、最後までなにもさせてもらえずに全滅した。

「フウ……ありがとうございました」

「さ、さすがです……千花様……！」

敗北した騎士の一人が地面に尻をついたまま、千花に言葉をかける。

「これほどの力……ファーブニル王国はおろか、世界中を探したって千花様ほどに剣を極めた人間はいないでしょう。本当に大したものです……」

「ありがとう……だけど、そこまで絶賛されるほどのものじゃないわ。この力はあくまでもジョブの能力……借り物だもの」

千花が額の汗をハンカチで拭いて、騎士達に笑いかける。

凛とした美貌を向けられて、若い騎士達が頬を赤く染めた。

「ジョブの力じゃなく、私自身が努力して強くならないと、置いて行かれてしまう。きっと『彼』はもっと先に行っているから」

「彼……ああ、勇者様のことですか？」

騎士が首を傾げた。

もはや最強の剣士といっても過言ではない千花にそこまで言わせる相手など、他に想像がつかなかった。

その言葉を肯定するように、騎士団長と模擬戦をしていた竜哉が千花の方にやってくる。

「お疲れ、千花」

「お疲れ様……横目で見ていたわよ。腕を上げたじゃない」

「いや。剣の腕だけなら、千花には負けるよ……さて、俺達も随分と強くなったけど、そろそろ実戦はさせてもらえるのかな？」

この一ヵ月間、竜哉を含めた四人の少年少女は城で魔族と戦うための訓練をしている。

しかし、いまだに魔物や魔族と直接戦闘する実戦は未経験だった。

「そうですな……もう訓練は十分でしょう。正直、我らに教えられることはありませんからな。国王陛下もお許しになるでしょう」

「ああ……そういえば、過保護な扱いは国王陛下の命令だったわね」

千花が首を傾げる。

正直、千花にとって国王の印象はよくない。彼らのもう一人の幼馴染……ウータが『無職』であることを理由にして追い出したためである。

「はい。国王陛下はくれぐれも勇者様方に危険のないように、安全に配慮して戦ってもらうようにとのことです」

「へえ……わりと慎重なのね。もっと強引な人かと思っていたわ」

「陛下も病床につかれていますからね……気弱になっているのかもしれませんな」

国王は勇者召喚の直後、正体不明の病によって倒れていた。

千花達も病床の国王と顔を合わせたが……初対面の時から三十年は年を経ているような変貌をしていた。

いったい、どうやったら短期間にこんなことになるのかと首を傾げたものである。

「……宮廷医師の話によると、ただの病気ではないと。おそらく……魔族に呪いをかけられたのでしょう」

騎士団長が苦渋の表情で語る。

呪いにかけられたのは国王だけではない。

国王が倒れた同時刻に、護衛をしていた複数人の兵士が行方不明となっている。

彼らが消えた現場……つまり国王の私室には何故か塵が積もっており、国王も彼らの居場所はわからないとのことだった。

主君に呪いをかけられ、部下を奪われた騎士団長は怒りに拳を握る。

「魔族め……許せん……！」

「呪い、ね……」

年を経た。塵が積もっていた。その情報にふと違和感を覚える千花であったが……深く考えない方がいいような気がして、首を横に振った。

「それよりも……実戦についての話をしましょう。まずは魔物と戦ったらいいのよね？」

「あ、はい。魔族というのは知能を有した魔物のことですから。魔物と戦うことに慣れることで、魔族と……さらには魔王と戦う訓練になるはずです。日時や場所はいいところを選んでおきますので、今日の訓練はここまでにしましょう。十分に休んでください」

「わかった」

「美湖と和葉には私の方から伝えておくわね」

そんな会話をして、その日の訓練は終わりとなった。

竜哉と千花はシャワーを浴びるべく、城の中へと入る。

「それにしても……もう一ヵ月か、早いもんだな」

廊下を歩きながら、竜哉がなんとはなしに口にする。

「俺達がこの世界に召喚されて……ウータが旅立って、もうそんなになるんだ」

「……初めてよね。私達と彼がそんなに離れ離れになるのは」

ウータと城に残った四人は幼馴染。小学校、中学校、高校と同じ学校に通っていたため、こんなにも長期間、顔を合わせないことは初めてだ。

「私はまだ大丈夫だけど……そろそろ、美湖が禁断症状を起こしそうよ」

金髪のギャル風の美少女……美湖は毎晩のようにウータの名前を呼んでうなされており、枕を涙で濡らしていた。いい加減に限界が近そうである。

外見こそ派手なものの、実は美湖は幼馴染の中でもっとも繊細《せんさい》で精神的に弱く、現在進行形で『ウータロス』になりつつあった。

「和葉は？　アイツもへこんでいるんじゃないか？」

「うーん……表面的には変わったところはないかな？　『会えない時間が愛を育てるのです』とか言ってるし」

「たくましいな……いや、そうだよな。昔から」

淑《しと》やかで楚々とした和風美少女の西宮和葉は外見と反してタフで豪胆《ごうたん》、大胆な性格。美湖とは正反対だった。

「魔物退治……環境の変化がリフレッシュにつながるといいんだけど……」

「ウータのことだから、もう元の世界に戻るための方法を見つけているかもしれないな」

「だったら、話は早いわよね……おっと、竜哉にお客さんよ」

話しながら廊下を歩いていると、進行方向からドレス姿の女性が歩いてくる。

女性の方も二人に気がついて、笑顔で手を振ってきた。

「お姫様の登場よ……王子様」

「うっ……」

千花に小突かれて、竜哉が顔を赤くする。

二人に向かって歩いてくる彼女の名前はリフィナ・ファーブニル。

国王の娘……つまり、この国の王女様である。

千花とは挨拶を交わす程度の仲だったが、竜哉は違う。絶賛お熱になっている、片思いの相手だ。

廊下を歩いてきたリフィナ王女が二人に微笑みかけてくる。

「竜哉様、千佳様、こんにちは」

「こんにちは、王女様……ごめんなさいね、ちょっと用事があるから私は失礼するわ」

「あ……はい、また今度」

気を利かせたのだろう。千花が竜哉とリフィナを残して、さっさと廊下を歩いて行ってしまった。

「リ、リリリリ、リフィナ殿下！　ごきげんようっ！」

竜哉がいつになく緊張に強張った様子で挨拶をする。

イケメンで貴公子風の顔立ち、いかにも女性にモテそうな竜哉であったが……実のところ、かなり初心《うぶ》な性格で、自分がモテる男子だという意識はない。

同級生の女子はみんな、竜哉が千花・美湖・和葉の誰かとくっつくだろうと勝手に推測しており、竜哉のことを好きになっても、告白する者はいなかった。

そのため、恋愛に関しては敗北の経験しか持っておらず、自分が女子から好かれる男であるという意識がないのだ。

「ごきげんよう……訓練の後ですか、本日も精が出ますわね」

「は、はひっ、頑張ってます！」

「あらあら、額から汗が出ていますわ。動かないでくださいませ……」

「うひいっ！」

リフィナがハンカチで竜哉の額を拭く。

竜哉がコチンコチンに身体を強張らせて、おかしな声を発した。

「はい、これで大丈夫ですわ……どうかいたしましたか？」

「な、なんでもないでひゅ……」

「おかしな竜哉様ですこと……そうだ、今日はこれから時間がありますか？」

「は、はいっ！　時間、いくらでもあります。作ります！」

「でしたら、一緒にお茶会でもどうでしょう。魔法都市から『ちょこれーと』というお菓子を仕入れたんです。一緒に食べませんか？」

「喜んでっ……！」

意中の女性からの誘いに、竜哉は舞い上がる。

背中から羽が生えて、城の屋根まで飛び上がってしまいそうなほどだ。

「フフ……それじゃあ、シャワーを浴びたら中庭まで来てください。準備をして待っていますから」

「はい！　必ず行きます……！」

「それでは、また後で」

「はひっ！　後でっ！」

竜哉がウキウキと軽い足取りで廊下を駆けていった。

一秒でも早くシャワーを浴びて、リフィナと一緒にお茶会をするために。

リフィナは去っていく竜哉を笑顔で見送って……竜哉の姿が見えなくなると、ニタリと笑った。

「あーあ、アレが当代の勇者か。初心《うぶ》で可愛いこと」

実に揶揄《からか》い甲斐のありそうな少年だ。

「ウヒッ、この娘が服を脱いで迫ったらどんな顔をするかなあ。あるいは、裏切って刃物で刺してやったら、惚れた女が別の男とまぐわっているところを見せたら……考えただけでも愉快だねえ」

『やめてくださいっ！　そんなことを私にさせないで！』

邪悪な笑みを浮かべているリフィナの心中、もう一人の彼女が叫び声を発した。

『お願いだから、身体を返してください！　どうしてこんなことをするんですか!?』

「どうしてって……貴女はチェスやトランプをするのに『好きだから』という以外の理由を求めているの？」

胸の中で泣き叫ぶもう一人の自分に、リフィナがニチャアと粘着質に微笑みかける。

「好きなんだよねえ、他人の人生を弄ぶのが。人間の尊厳を踏みにじるのが楽しくって仕方がない。それが美貌と才能を併せ持った人間であればなおさらにね」

『ッ……！』

胸中のリフィナが絶句し、リフィナになりすましている人物は愉悦に浸る。

ああ、なんて愉快なことだろう。美貌の王女が自分の一挙手一投足によって悩み、苦しみ、嘆いているのだ。その感情のなんて甘美なことだろう。

「…………ん？」

悦に浸っていたリフィナであったが……ふと窓の外に目を向ける。

愉しそうな顔から一変して、眉をひそめた。

「……フレアの波動が消えた？」

眠ったり、隠れたりしているわけではない。

六大神の中で誰よりも鋭敏な感覚を持つ『彼女』が、姉妹の気配を感じ取れないわけがなかった。

「まさか……死んだ？　神なのに、あの子が？」

いかに迂闊で愚かな娘であるとはいえ……神が簡単に死ぬとは思えない。

「封印されたか、それとも私の感知の外に飛ばされたか……いったい、誰に？」

リフィナはしばし考えこんでいたが、やがて興味を失ったかのように窓から目を背けた。

「ま、どうでもいいわね。そんなことより……あの坊やを揶揄《からか》う方法を考えないと」

気配を感じられなくなった姉妹のことなど捨ておいて、リフィナは軽い足取りで庭園に向けて歩いて行った。

王女リフィナ・ファーブニル。彼女の内に巣食った存在……風の女神エアの存在に竜哉やウータが気がつくのは、まだまだ先のことである。

◇　　◇　　◇

南雲竜哉が淡い恋心に身を焦がしている一方。

王宮にある女性用の浴室では、三人の女性が集まっていた。

「あれ、千花っちも来たんだ？」

「美湖、それに和葉もいたのね」

「千花さん、お疲れ様です」

広い浴室で先に入浴していたのは北川千花の幼馴染である女子……東山美湖、西宮和葉の二人である。二人は美しい肌を惜しげもなくさらして湯船に浸かっていた。

後からやってきた千花に、和葉が細い首を傾げながら問う。

「今日も騎士の方々と鍛錬なさったんですか？」

「ええ、竜哉と一緒にね。二人は珍しいわね。昼間から入浴だなんて」

「それは……」

和葉が横目で、隣にいる美湖に意味ありげな視線を送る。

責めるような目を向けられて、美湖が「ニヘヘヘ」と誤魔化すように笑う。

「二人で魔法の練習をしていたんだけど……火の魔法に失敗しちゃって、二人とも煤《すす》まみれになっちゃったんだよね。だから、身体を洗いに来たのよ」

「ああ……なるほどね。ご愁傷様《しゅうしょうさま》」

千花が同情したような目を和葉に向ける。

美湖は『賢者』として魔法に長けていたが、おっちょこちょいでたまにそんな失敗をするのだ。

日本にいた頃もたびたびトラブルを起こして、千花達がフォローしていた。

「ああ……いいお湯ね。異世界だけど、シャワーもお風呂もちゃんとあって助かったわ」

千花がシャワーで汗を流してから、二人に続いて湯船に浸かる。

異世界に来てしまった時にはどうなることかと思ったが……この世界は意外なほどに技術が進んでいて、シャワーもあればコンロもある。

ごく一部の人間しか所有していないが、魔力で動く自動車もあった。

それらの技術は『ユキナ様』という大賢者が開発したとのことだが、名前からして日本人だろうと三人は予想していた。魔法都市という場所にいるようなのでいずれ会いに行こうと、竜哉を含めた四人で話していた。

「「「フウ……」」」

湯船に浸かった三人が同時にため息を吐く。

千花は普段ポニーテールにしている長い茶髪を下ろし、長い手足を湯の中で伸ばしてくつろぐ。

美湖は金色に染めた髪を湯で濡らし、タオルすら付けずにムチムチの肢体をさらした。

和葉は烏羽玉《うばたま》のような黒髪を背に流し、淑やかな仕草でさりげなく乳房を隠している。

三者三様。タイプの異なる美少女が並んで湯に入っている姿は絶景であり、もしもこの場に男がいたら垂涎《すいぜん》して目の前の光景に見入っていたことだろう。

「……ウータ。今頃、どこでなにをしているかしら？」

しかし、いつも三人の話題に上る男と言えば、幼馴染の少年、花散ウータである。

ここにいる三人は、いずれもウータに対して恋心を抱いていた。

「ウータ君のことだから無事だとは思うけど……そろそろ、ウータ君成分が足りなくなってきちゃったよ。早く会いたい」

美湖が瞳を伏せて唇を尖らせる。

和葉も遠い目をして、ここにはいない幼馴染について語る。

「ウータさんは私達と違って、特別な方ですからね。きっと今頃、元の世界に帰るための手がかりを見つけているんじゃないでしょうか」

「ウータだものね。それくらいできておかしくないわね」

千花が苦笑した。

ここが異世界であることを考慮しても、花散ウータという少年は特別な人間だった。

何故か、最初の職業診断では『無職』というこの世界における最底辺のジョブだったものの……

それがウータの価値を下げるわけがない。

「命の心配はいらないだろうけど……ウータのことだから、無意識で女の子を口説いていないか心配よね」

ウータは女子に興味がない。そのくせ、女性関係のトラブルに遭いやすい悪癖がある。

女性から好かれることもあれば、憎悪を向けられることもあった。

昔から誘蛾灯《ゆうがとう》のようにいい縁も悪い縁も引き寄せて、女性がらみの騒動を引き起こしてしまうのだ。

「心配だわ……変な女に引っかかっていないといいんだけど……」

「う……嫌なこと言わないでよね、千花っち。私も心配になってきちゃったじゃん」

美湖が湯に顔を沈めて、ブクブクと息を吐く。

隣の和葉がそんな友人に寄り添って、優しく声をかける。

「大丈夫ですよ……美湖さん。ウータさんはいずれ必ず、私達のところに帰ってきます」

「和葉っち？」

「仮に敵であった女性の命を助けて一緒に旅をすることになったとしても、その女性が作るビーフシチューやオムライスに夢中になっていたとしても……最後には私達のところに戻ってきますよ。そう決まっているんです」

「や、やけに具体的なこと言うよね。和葉っち」

「……和葉って、たまにそういう不思議ちゃんなことを言うわよね。占いのようなものなのかしら？」

「ウフフフ……」

千花と美湖が顔を見合わせて、苦笑いをする。

そんな二人に和葉が淑やかに、それでいてどこか妖艶《ようえん》な笑みを浮かべた。

和やかに会話をしながら……三人は温かな湯の熱に白い肌を色っぽく染める。

千花と美湖は知らない。

二人の友人……和葉が『聖女』として、信仰対象に対して精神的な『リンク』を持っていることを。

和葉は好意を抱く信仰対象……ウータのことを心の目によって監視しており、スピリチュアルストーカーと化している。

ウータが冒涜的な邪神の姿に変貌して神殺しを成す場面も目にしており、狂気にも近い崇拝を抱いていたのだ。

千花と美湖が和葉の秘密を知り、幼馴染の常軌を逸した恋慕にドン引きするのは……まだまだ先のことなのであった。

いずれ最強の錬金術師？
SOMEDAY WILL I BE THE GREATEST ALCHEMIST?
1~17
小狐丸
KOGITSUNEMARU
シリーズ累計(電子含む)120万部突破！
2025年1月8日より
TVアニメ放送開始!!
TOKYO MX・BS11ほか
コミックス
1~8巻
好評発売中！
1~17巻
好評発売中！
勇者召喚に巻き込まれ、異世界に転生した僕、タクミ。不憫な僕を哀れんで、女神様が特別なスキルをくれることになったので、地味な生産系スキルをお願いした。そして与えられたのは、錬金術という珍しいスキル。まだよくわからないけど、このスキル、すごい可能性を秘めていそう……!? 最強錬金術師を目指す僕の旅が、いま始まる！
◉Illustration：人米
◉16・17巻 各定価:1430円(10%税込)
1~15巻 各定価:1320円(10%税込)
◉漫画：ささかまたろう B6判
◉7・8巻 各定価:770円(10%税込)
1~6巻 各定価:748円(10%税込)

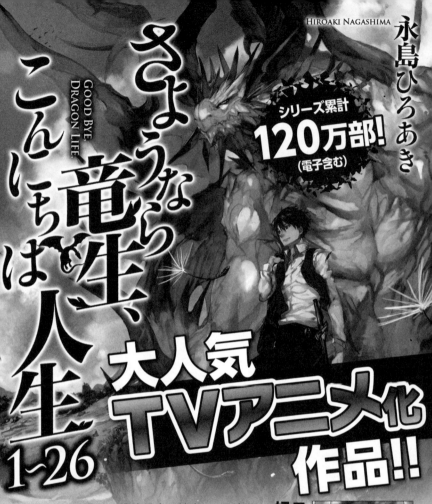

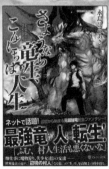

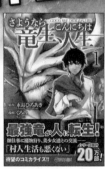

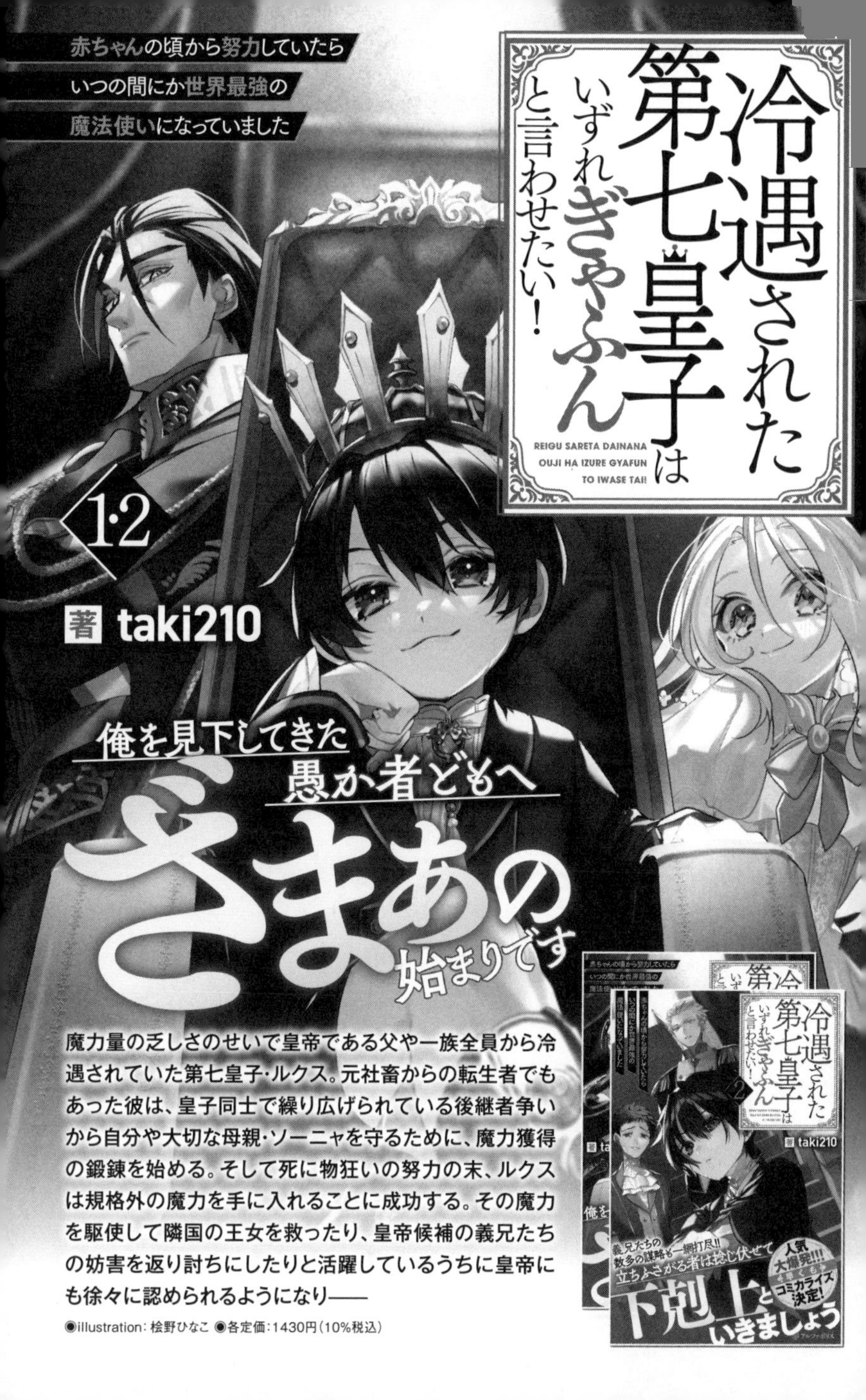

赤ちゃんの頃から努力していたら
いつの間にか世界最強の
魔法使いになっていました

冷遇された第七皇子はいずれぎゃふんと言わせたい！

REIGU SARETA DAINANA OUJI HA IZURE GYAFUN TO IWASE TAI!

1・2

著 taki210

俺を見下してきた
愚か者どもへ

ざまあの始まりです

魔力量の乏しさのせいで皇帝である父や一族全員から冷遇されていた第七皇子・ルクス。元社畜からの転生者でもあった彼は、皇子同士で繰り広げられている後継者争いから自分や大切な母親・ソーニャを守るために、魔力獲得の鍛錬を始める。そして死に物狂いの努力の末、ルクスは規格外の魔力を手に入れることに成功する。その魔力を駆使して隣国の王女を救ったり、皇帝候補の義兄たちの妨害を返り討ちにしたりと活躍しているうちに皇帝にも徐々に認められるようになり──

●illustration：桧野ひなこ ●各定価：1430円（10%税込）

義兄たちの数多の謀略を一網打尽！！
立ちふさがる者は捻じ伏せて

人気大爆発！！！
コミカライズ決定！

下剋上といきましょう

この作品に対する皆様のご意見・ご感想をお待ちしております。
おハガキ・お手紙は以下の宛先にお送りください。

【宛先】
〒150-6019 東京都渋谷区恵比寿4-20-3 恵比寿ｶﾞｰﾃﾞﾝﾌﾟﾚｲｽﾀﾜｰ 19F
（株）アルファポリス　書籍感想係

メールフォームでのご意見・ご感想は右のＱＲコードから、
あるいは以下のワードで検索をかけてください。

アルファポリス　書籍の感想　検索

ご感想はこちらから

本書はWebサイト「アルファポリス」(https://www.alphapolis.co.jp/)に投稿されたものを、改題、改稿、加筆のうえ、書籍化したものです。

異《い》世《せ》界《かい》召喚《しょうかん》されて捨《す》てられた僕《ぼく》が邪神《じゃしん》であることを誰《だれ》も知《し》らない……たぶん。

レオナールD

2024年12月30日初版発行

編集－高橋涼・村上達哉・芦田尚
編集長－太田鉄平
発行者－梶本雄介
発行所－株式会社アルファポリス
〒150-6019 東京都渋谷区恵比寿4-20-3 恵比寿ｶﾞｰﾃﾞﾝﾌﾟﾚｲｽﾀﾜｰ19F
TEL 03-6277-1601（営業）03-6277-1602（編集）
URL https://www.alphapolis.co.jp/
発売元－株式会社星雲社（共同出版社・流通責任出版社）
〒112-0005 東京都文京区水道1-3-30
TEL 03-3868-3275
装丁・本文イラスト－ふらすこ
装丁デザイン－AFTERGLOW
印刷－中央精版印刷株式会社

価格はカバーに表示されてあります。
落丁乱丁の場合はアルファポリスまでご連絡ください。
送料は小社負担でお取り替えします。

ISBN978-4-434-35008-5 C0093